A Evie traz o Thrull de volta...

... e agora ele está mais poderoso que nunca.

Você se ferrou, Jack!

Vamos deter vocês e vingar o Bardo, vilões malvados.

Os vilões foram superados. Por enquanto.

Mas o Thrull prometeu juntar um exército de mortos-vivos e construir uma Torre que convocará Rezzōc, o Maior dos Maus, o motivo de acontecer todo esse Apocalipse dos Monstros. Enquanto a gangue se recuperava, a June partiu em uma aventura solo e descobriu uma pista vital que pode levar ao Thrull.

Este meu negócio de Mão Cósmica!

É... permanente!

Pessoal, foco.

Não vamos ficar aqui em casa por muito tempo.

Estamos perto de descobrir onde o Thrull está. E isso quer dizer...

É hora da ação!

MAX BRALLIER & DOUGLAS HOLGATE

TRADUÇÃO CASSIUS MEDAUAR

MILK SHAKESPEARE

FIRST PUBLISHED IN THE UNITED STATES OF AMERICA BY VIKING, AN IMPRINT OF PENGUIN RANDOM HOUSE LLC, 2020
TEXT COPYRIGHT © 2020 BY MAX BRALLIER
ILLUSTRATIONS COPYRIGHT © 2020 BY DOUGLAS HOLGATE
PENGUIN SUPPORTS COPYRIGHT. COPYRIGHT FUELS CREATIVITY, ENCOURAGES DIVERSE VOICES, PROMOTES FREE SPEECH, AND CREATES A VIBRANT CULTURE. THANK YOU FOR BUYING AN AUTHORIZED EDITION OF THIS BOOK AND FOR COMPLYING WITH COPYRIGHT LAWS BY NOT REPRODUCING, SCANNING, OR DISTRIBUTING ANY PART OF IT IN ANY FORM WITHOUT PERMISSION. YOU ARE SUPPORTING WRITERS AND ALLOWING PENGUIN TO CONTINUE TO PUBLISH BOOKS FOR EVERY READER.

COPYRIGHT © FARO EDITORIAL, 2022

Todos os direitos reservados.

Nenhuma parte deste livro pode ser reproduzida sob quaisquer meios existentes sem autorização por escrito do editor.

Milkshakespeare é um selo da Faro Editorial.

Diretor editorial: **PEDRO ALMEIDA**

Coordenação editorial: **CARLA SACRATO**

Preparação: **TUCA FARIA**

Revisão: **BÁRBARA PARENTE**

Capa e design originais: **JIM HOOVER**

Adaptação de capa e diagramação: **CRISTIANE SAAVEDRA | SAAVEDRA EDIÇÕES**

Dados Internacionais de Catalogação na Publicação (CIP)
Angélica Ilacqua CRB-8/7057

Brallier, Max
   Os últimos jovens da Terra : a estrada dos esqueletos/ Max Brallier ; ilustrações de Douglas Holgate ; tradução de Cassius Medauar — São Paulo : Faro Editorial, 2022.
   320 p. : il.

   ISBN 978-65-5957-104-8
   Título original: The last kids on Earth and the Skeleton Road

   1. Literatura infantojuvenil I. Título II. Medauar, Cassius II. Holgate, Douglas

21-5349	CDD 028.5

Índice para catálogo sistemático:
1. Literatura infantojuvenil

FARO EDITORIAL

1ª edição brasileira: 2022
Direitos de edição em língua portuguesa, para o Brasil, adquiridos por FARO EDITORIAL

Avenida Andrômeda, 885 – Sala 310
Alphaville – Barueri – SP – Brasil
CEP: 06473-000
WWW.FAROEDITORIAL.COM.BR

Para Lila. Toca aqui!
—M. B.

Para Merry, Tom e Jack.
Bem-vindo ao mundo, homenzinho!
—D. H.

OS DOZE DECOMPOSTOS

"Tá na hora."

Capítulo Um

Vê esses doze zumbis bem aqui? Eu os chamo de *Os Doze Decompostos*. Eles são a *elite*.
O melhor dos melhores.
A nata da nata.
Eu sei que eles são durões, mas estou prestes a descobrir do que eles são *realmente* feitos. É por isso que estou em cima de um ônibus escolar antigo, olhando para uma série bizarra de obstáculos de quebrar ossos.

A minúscula e pegajosa Globlet, ao meu lado, segura um megafone que tem o dobro do seu tamanho. Ela pergunta:
— OS ZUMBIS ESTÃO PRONTOS?
Um sopro baixo ecoa em resposta:
— Ermmmm.
A Globlet se vira e guincha:
— E OS GUERREIROS UNIVERSAIS, ESTÃO PRONTOS?
Os meus amigos gritam de volta:
— Estamos!

Seguro firme o Fatiador e me concentro. A minha frequência cardíaca diminui. A minha Mão Cósmica treme. Então, com um movimento do pulso, eu comando os zumbis pra frente enquanto grito:

— ATAQUEM O QUINT!

Os zumbis obedecem ao meu comando e, juntos, eles atacam! Os corpos desajeitados estão acelerando, subindo a rampa, em direção ao Quint.

Ele levanta a sua nova vara de agarrar, que é apenas uma vara longa com pegadores na ponta. Ele abre as mandíbulas! Os zumbis estão quase em cima dele! E então...

Quer saber? PERAÍ, PAUSA. Você deve estar se perguntando o que está acontecendo, e talvez queira que eu explique por que resolvi ordenar que uma horda de zumbis vá pra cima do meu melhor amigo.

Sim, é hora de uma pequena recapitulação...

INICIANDO RECAPITULAÇÃO! COISAS QUE ACONTECERAM E QUE VOCÊ PERDEU!

Veja só, nos últimos meses, o Quint, a June, o Dirk e eu temos estado muito ocupados. A June, inclusive, participou de uma aventura maluca que terminou em um confronto com um monstro pirata vilanesco: o Chefão Rifter.

E a June descobriu *muitas* coisas. Tipo: (1) o Thrull está ficando mais forte; (2) a Torre será catastrófica se ele a terminar; e (3) há um lugar onde podemos descobrir mais sobre a Torre e a sua localização: um posto avançado misterioso. Encontre o Posto Avançado, encontre a Torre.

O problema foi que o Chefão Rifter fugiu antes que pudéssemos descobrir a *localização* do posto avançado. Então, a nossa amiga monstra guerreira meio louca Skaelka se aventurou no desconhecido, procurando por ele.

Sim, um dia, a Skaelka simplesmente partiu. Já se passaram semanas e ela ainda não voltou...

E eu? A minha vida? Tenho estado ocupado treinando os meus poderes de controle de zumbis. A nossa amiga monstra Warg tem me ajudado a desenvolver as minhas habilidades e entender melhor as capacidades da Mão Cósmica. Que é o nome que dei pra luva-tentáculo de monstro coberta por ventosas que agora está presa pra sempre ao redor do meu pulso e da minha mão.

Veja bem, cortamos a cauda do Ghazt pra que ele não tivesse a capacidade de controlar zumbis, mas não previmos que o *Thrull* roubaria a cauda e tomaria a habilidade pra si mesmo! Por sua vez, o Thrull não esperava que *eu* sugasse o poder pra longe dele!

Teve muito vai e volta, mas no fim resultou em eu ter uma Mão Cósmica com luva de sucção muito legal, com o poder da cauda do Ghazt dentro do Fatiador e a habilidade incrível de comandar e controlar zumbis!

Com a ajuda da Warg, eu progredi bastante: posso realmente comandar os zumbis a *fazerem* coisas.

> O PODER! Ele flui através de mim!

Logo percebi que quanto mais tempo eu passo treinando com um zumbi em particular, mais forte fica a conexão entre mim e ele.

Os meus poderes não são ilimitados. Só consigo controlar alguns zumbis por vez. Por exemplo, *não posso* liderar uma legião de zumbis pra batalha, mas *posso* encenar algumas lutas. E eu faço isso...

Vamos, zumbis, peguem os caras! Assim, eu e a June teremos folga!

Então, o que tenho que fazer é evidente: tratar isso como um jogo. Vou pegar alguns zumbis que já são naturalmente capazes de combater — e subi-los de nível! Resumindo: estou formando um grupo de elite de guerreiros mortos-vivos. Esquadrão de Zumbis do Jack Sullivan.

Mas encontrar bons zumbis foi difícil. Na fazenda de árvores da Warg, onde os zumbis ficam, eu os coloquei em uma série de testes. A coisa não foi boa, embora não tenha sido realmente culpa deles...

NÃO, Rover! Zumbis não são brinquedos!

GLURRRRMMM...

Assim, um dia, quando eu estava na minha caminhada habitual, em busca de zumbis para adicionar ao nosso exército, avistei um velho amigo: o Alfred! O zumbi que nos ajudou a encontrar o Ṛeżżőcħ e a Árvore do Acesso!

Aventura anterior com o Alfred

O Alfred estava tentando atravessar de um telhado pro outro através de um tanque de água tombado quando escorregou e caiu direto nos meus braços estendidos. Foi como um primeiro encontro em uma comédia romântica...

Ver o Alfred tentando andar na trave de equilíbrio de um tanque de água me deu uma grande ideia! Eu fiquei tipo: ISSO! É ASSIM QUE ESCOLHEREI OS MEUS GUERREIROS ZUMBIS! Com um jogo de eliminação, como aqueles programas de pista de obstáculos na TV.

Desse modo, os meus amigos e eu montamos a nossa própria pista de eliminação. Nós a construímos na Zona da Aventura do Laser Extremo, e esse lugar tinha de tudo: um parque de trampolim, arena de *laser tag*, parede de escalada, barraca de churros e toneladas de outras coisas radicais.

O Dirk se animou demais em construir a pista de obstáculos. Acho que é porque esse tipo de competição de combate está no seu sangue.

Veja bem, o Dirk deixou escapar que o pai dele participava de um antigo programa de TV chamado *Guerreiros Universais*. A cada semana, um grupo de pessoas normais enfrentava guerreiros superfortes — e os guerreiros *destruíam* as pessoas normais.

O Dirk nos disse que o pai dele era um guerreiro chamado Grande Adaga. Pra ser honesto, não me lembro dele, mas houve *muitos* Guerreiros na série ao longo dos anos.

Enfim, o Dirk construiu uma Pista de Eliminação incrível pro Esquadrão Zumbi. Começou bem fácil, meio que como uma daquelas casas mal-assombradas onde pessoas aleatórias se vestem e tentam te assustar. Mas nunca é tão assustador, porque o cara com fantasia de lobisomem que sai de trás de um fardo de feno é claramente o seu professor de matemática.

De qualquer forma, *agora* a nossa Pista de Eliminação do Esquadrão Zumbi ficou irada e finalmente está pronta! Escolhi os doze melhores candidatos a guerreiros zumbis — e farei o meu melhor pra levá-los ao longo da pista.

As regras são simples: qualquer zumbi que alcançar a linha de chegada faz parte do meu time. Cheguem ao fim... e serão considerados dignos!

Parece simples, mas não será fácil: o Quint, a June, o Dirk, o Rover e alguns dos nossos amigos monstros como o Grandão e o Fern vão tentar detê-los.

Nos reunimos na Pista de Eliminação no início da manhã. Os meus amigos tomaram posições ao longo do percurso enquanto eu direcionava os zumbis para a linha de partida. Era hora de descobrir o quão durões eram os meus Doze Decompostos. Hora de descobrir se eu poderia levá-los até a linha de chegada...

Eu respirei fundo, e então...

Balancei o Fatiador, e os zumbis correram pra frente! A competição começou! O Quint se preparou enquanto eles corriam na sua direção. E com isso, agora...

VOLTAMOS À AÇÃO!

O QUINT SOBREVIVERÁ? OU SERÁ DEVORADO PELOS MORTOS-VIVOS?

ALERTA DE SPOILER: TÁ TUDO BEM COM ELE!

Hoje não, zumbis!

O Quint gira, balançando o seu cajado, e um segundo zumbi cai da rampa.

— Você precisará fazer melhor do que isso, Jack! — ele grita.

Ele tem razão. Preciso me *concentrar* se pretendo que algum dos meus zumbis alcance a linha de chegada. Eu giro o Fatiador, e os zumbis restantes ganham velocidade.

Pra controlar os zumbis, me concentro *ao extremo*, pensando muito sobre o que quero que eles façam, e então grito esse comando, balançando o Fatiador. É assim que consigo controlá-los; e funciona, já que eu e a lâmina agora somos, tipo, um só.

— EM FRENTE! — rosnei e sacudi o Fatiador mais duas vezes.

Os zumbis restantes aceleram o passo pela próxima onda de obstáculos de quebrar ossos...

Estou no alto da plataforma no ônibus escolar, tentando fazer com que três zumbis atravessem uma ponte oscilante, quando ouço o som...

E é um som terrível, que envia um arrepio horrível direto pela minha espinha.

A Globlet, ainda no meu ombro, agarra a minha camisa.

— Jack, o que foi isso? — ela pergunta, baixinho.

— Não tenho certeza, Globs. — Eu me viro, procurando a fonte do som terrível. Então, os meus olhos captam um movimento no estacionamento.

Demoro um instante pra entender o que vejo. Mas quando finalmente consigo enxergar o que está produzindo aquele som terrível e ensurdecedor, o meu coração começa a bater forte.

Esqueletos.

Soldados esqueletos.

Centenas deles. Marchando na nossa direção.

Suspeitei que isso aconteceria. Ainda assim, eu esperava estar errado...

Isso é igual ao meu pesadelo. A visão que tive, meses atrás, quando o Quint, o Dirk e a Warg vieram me mostrar o que eles encontraram no livro Cabala Cósmica *da Evie...*

Não apenas esqueletos.

O exército de esqueletos do Thrull.

Capítulo Dois

— É o exército de esqueletos do Thrull! — o Quint grita do alto de uma ponte de corda.

— Já volto, Globs — digo, e então pulo do ônibus e acelero pela pista.

Quando finalmente alcanço os meus amigos, os esqueletos seguem como um enxame em direção a eles.

— Eles estão *armados*! — a June grita.

— E vestem umas armaduras muito iradas também — o Dirk comenta, parecendo meio impressionado. — Quero dizer, não tanto quanto as nossas. Mas ainda assim... bem iradas.

As armas e armaduras dos esqueletos são feitas de osso. Eles balançam espadas de espinho, agitam martelos de guerra afiados com dentes de Vermonstro e giram punhais de garras. Alguns usam capacetes esculpidos em chifres. Outros carregam escudos de escamas de monstro cortadas.

— Eles são rápidos! — o Quint fala. — O lado bom é que não precisamos temer as suas mordidas.

— Tem certeza disso?

— Claro, Dirk! Não são zumbis, são soldados esqueletos! — o Quint explica.

— Não sei o que são — Dirk responde, girando a sua vara de duelo de gladiadores —, mas sei que vou detonar esses cabeças-duras.

Assumimos as nossas poses de ação mais intimidantes. O Grandão assume uma postura de ação ainda mais intimidante...

CUSPE FURIOSO!

A pata enorme do Grandão lança pro lado quatro esqueletos. A Globlet acerta alguns soldados esqueletos com um Atirador de Dardos que pegou de um Rifter.

— Gente, eu acho que vamos dar conta disso — afirmo, positivamente surpreso. — Esses caras *não são de nada*!

— Eles são apenas ossos — o Quint concorda.

— Podemos detonar todos eles! — o Dirk grita.

— Vamos lá! — a June ordena quando eles atacam a horda.

Estou prestes a seguir os meus amigos, quando...

SMACK!

O Rover bate em mim e me lança de bunda no chão, e se joga feito louco em uma parede de esqueletos.

— Vá em frente, amigo! — eu grito, sentando.

DIRK ESMAGA

EXPLOSÃO DE ARMADURAS!

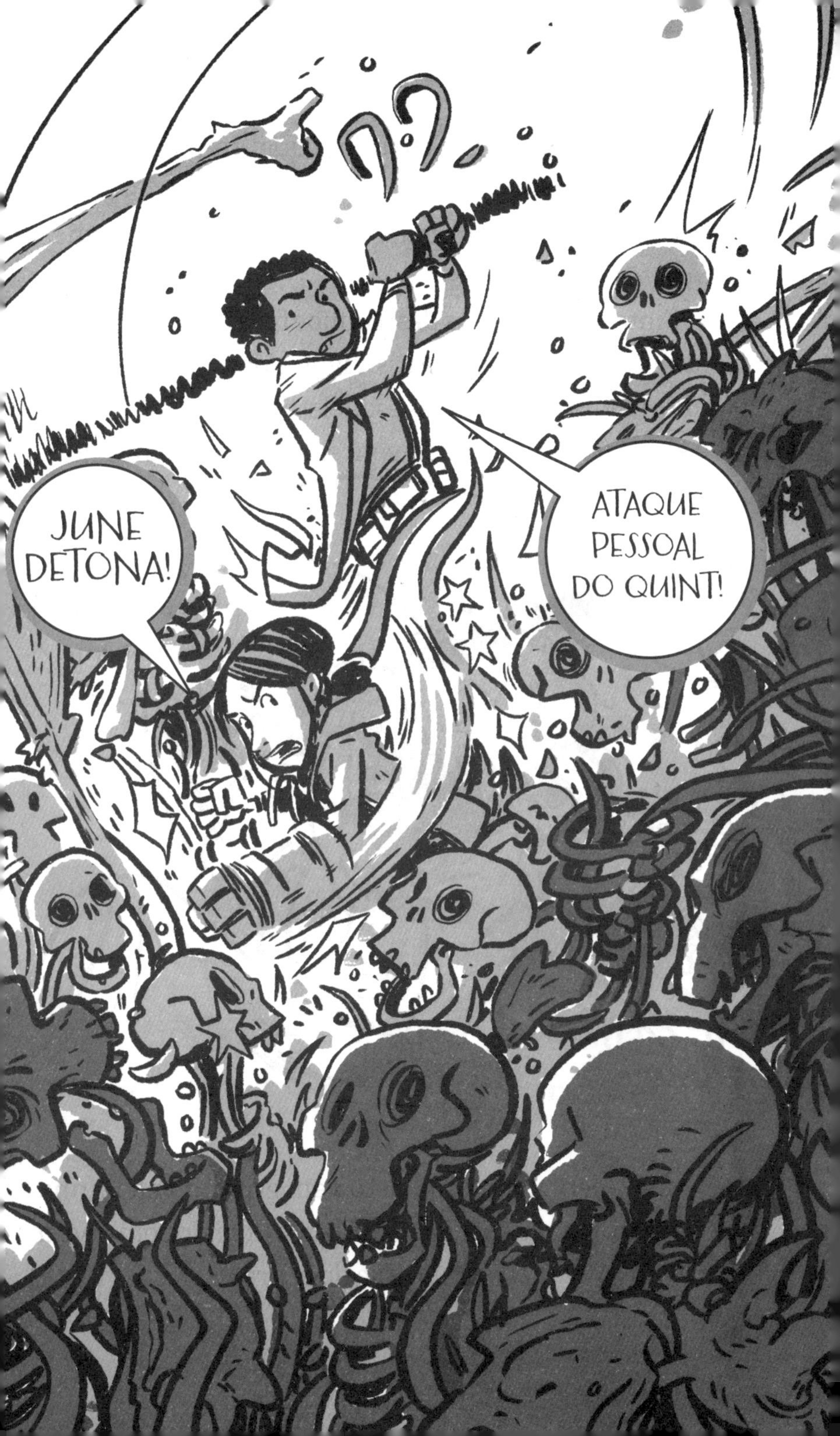
JUNE DETONA!
ATAQUE PESSOAL DO QUINT!

Os esqueletos do Thrull se quebram como se fossem de brinquedo. Eu vejo os meus amigos destruírem um esquadrão de soldados esqueletos em *questão de segundos*.

Sinto-me bem. Nós destruímos feras gigantescas, lutamos contra os mortos-vivos e derrubamos senhores vilões. Mas esses esqueletos? Um golpe forte e eles caem! Eu poderia vencer esses caras mesmo dormindo...

> Me acorde quando ficar emocionante.

De repente, um esqueleto vem gritando na minha direção. *Finalmente*, penso. *Estava ficando com inveja vendo só os meus amigos se divertirem.*

O esqueleto salta sobre o capô de um carro. Os seus pés ossudos sobem pelo para-brisa e depois pelo teto do veículo... *TAK-TAK-TAK-TAK*.

Ele se lança do carro, navegando na minha direção. Eu giro o Fatiador com força, como se estivesse tentando rebater uma bola de beisebol pra lua. Ouço um *KRACK* alto. E então eu paro.

Algo está acontecendo. O crânio do esqueleto se vira pro lado, e...

SOM NOJENTO DE TREPADEIRA!

SCHLURP!

Que é isso?

Um fio emaranhado e entrelaçado de trepadeira corre por todo o corpo do esqueleto. Os cipós se enrolam pra dentro e pra fora, como fios de TV emaranhados. Aí...

TWANG! O crânio volta pro lugar.

O esqueleto sorri... algo que eu jamais imaginei que fosse *possível*. É um sorriso horrivelmente cheio de dentes e repugnante.

Eu cambaleio pra trás... e agora vejo o inimigo na sua totalidade...

Órbitas vazias.

Trepadeira dentro do "corpo".

Úmero quebrado. O que NÃO é engraçado!

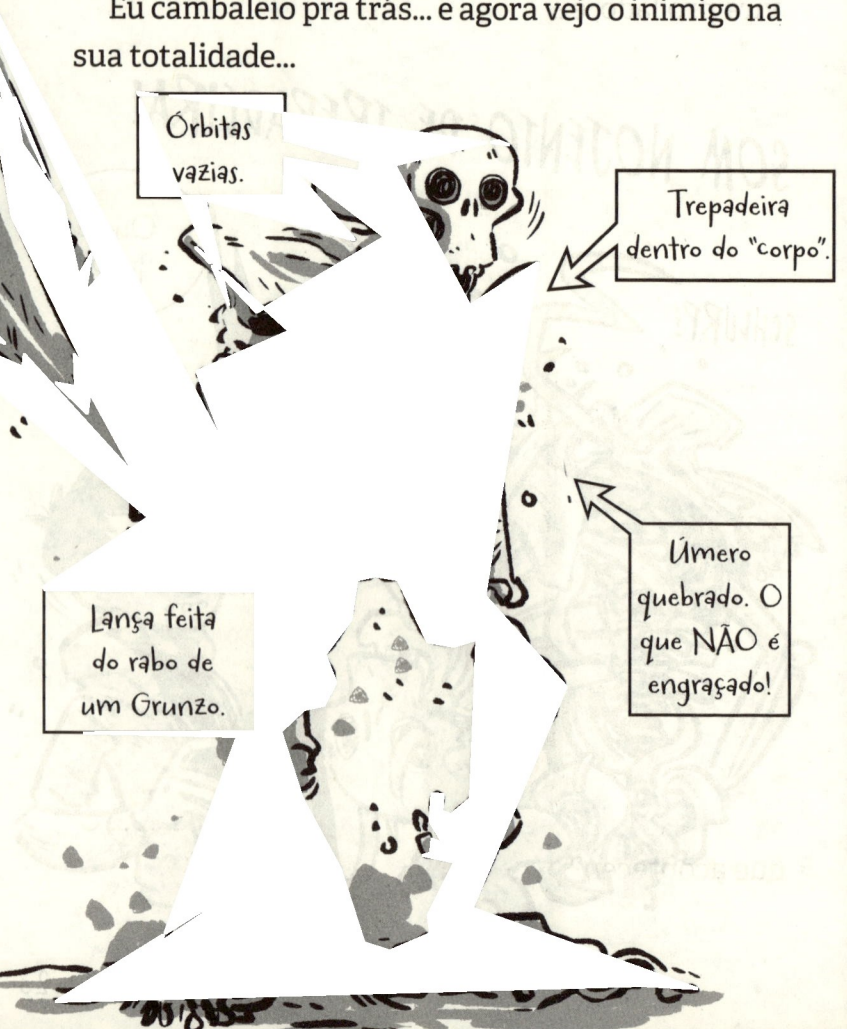

Lança feita do rabo de um Grunzo.

TWANG! TWONG! THUNK!

Ao nosso redor, os esqueletos estão se encaixando novamente. E se levantando como marionetes tocadas pelas cordas aterrorizantes do Thrull.

Os esqueletos que pensávamos ter acabado de derrotar começam a se recompor. Um aperta o braço de volta no lugar.

— Pessoal! — digo enquanto nos reagrupamos. — São as trepadeiras! Elas estão por dentro dos esqueletos!

— As trepadeiras devem estar dando poder aos esqueletos! — o Quint acrescenta. — Reanimando todos eles! Eu estava errado. Esses esqueletos não *são* diferentes!

— Esperem um pouco — a June interrompe. — Lembram da Escavinha? Acabamos precisando de gosma-gosmenta pra detê-la! Aposto que isso pode vencer essas trepadeiras também. E, pra nossa sorte — ela anuncia —, eu tenho exatamente o que precisamos.

A June puxa uma das granadas de gosma-gosmenta do Quint da sua pochete de ação e começa a carregá-la na ARMA (aquela geringonça de pulso dela ao estilo canivete suíço).

— Ops... — A June parece preocupada.

— Ops? — pergunto. — Não gostei desse *ops*. O que aconteceu?

— Emperrou — a June diz.

O exército de esqueletos está totalmente remontado. De pé, pronto pra atacar...

Pois é, totalmente emperrada.

Péssimo momento, amiga.

Mais esqueletos aparecem, dezenas deles, vindos de todos os lados. A minha Pista de Eliminação do Esquadrão Zumbi está completamente tomada!

— Ei, Jack — o Dirk chama. — Você diz que pode controlar zumbis, né? Pode ser uma boa hora pra começar...

— Ah, claro, dã! — respondo. — Os meus zumbis! Bom, onde estão eles?

Examino a pista, procurando por qualquer zumbi que ainda esteja de pé. Infelizmente, os Doze Decompostos não dominaram a pista. Vejo um zumbi pendurado de cabeça pra baixo na parede de pedra, dois outros emaranhados na pista de cordas e alguns rolando em colchonetes velhos.

Isso não é bom. Parece que cada um deles foi vencido.

— Jack! Lá! — o Quint apontou.

Ao girar a cabeça, localizo três zumbis perto da linha de chegada.

Nada neste dia foi como eu esperava, mas, no final, parece que encontrei o meu time.

Eles são os únicos três em pé. Eles são...

– MEU ESQUADRÃO –

Alfred

Esquerda

Glurm

Eu os convoco com um giro rápido do Fatiador, trazendo-os arrastando os pés na nossa direção. É como um videogame, e eles são os meus jogadores.

— Os esqueletos continuam vindo! — a June grita, finalmente desistindo de carregar a granada de gosma-gosmenta. — Temos que chegar aos BuumKarts... e dar o fora daqui!

Ela está apontando pra onde eles estão estacionados, doutro lado da pista de obstáculos.

— Alfred — digo ao meu velho mordomo zumbi —, você vai na frente, camarada!

Eu balanço o Fatiador, pequenos movimentos e torções que se traduzem em comandos de zumbis. O Glurm avança direto pra horda de esqueletos bloqueando nosso caminho.

CRAK!

ESQUELETOS DETONADOS!

Vamos atrás dos zumbis, mas uma nova horda de esqueletos aparece, bloqueando nosso caminho para os BuumKarts.

— Vamos pra área de *laser tag*! — grito.

Corremos pra dentro. Esqueletos cercam o Grandão, o Rover, a Globlet e o Fern. Mais deles surgem aos montes, acelerando pelos corredores, pulando sobre a cobertura, derrapando nas curvas em zigue-zague.

Ei! Sai das minhas costas! SAI!

— Fiquem juntos, amigos! — June rosna.

— Não precisa falar duas vezes! — o Dirk responde enquanto arranca dois esqueletos das costas do Grandão.

Giro e vejo a Globlet e o Fern agora lutando do céu e da terra, enfrentando um grupo de esqueletos. O Rover usa os seus dentes pra arrancar as trepadeiras de um deles. O Grandão arranca mais esqueletos de si mesmo, e agora está usando o seu corpo pra bloquear uma das entradas.

Porém, mais esqueletos marcham na nossa direção. Os seus rostos ainda estão presos naqueles sorrisos horríveis e cheios de dentes. Eles não ficam cansados ou fatigados, e nunca precisam parar pra recuperar o fôlego. Acho que é o benefício de não ter pulmões.

— A coisa está ficando séria, pessoal — digo.

A June rebate:

— Eles que tentem.

E eles tentam.

Três deles saltam à frente e avançam na nossa direção. O Dirk e o Quint giram e se colocam diretamente no caminho deles.

Tudo o que posso fazer é assistir, aterrorizado. O Dirk não tem arma, o seu bastão de gladiador agora está em pedaços. E o Quint só tem o seu cajado.

Mas juntos...

Os esqueletos estão chiando como dois hambúrgueres jogados em uma grelha quente.

Um abre a boca em um grito silencioso. Tem um orifício do tamanho de uma bota do Dirk na sua caixa torácica e, por algum motivo, esse orifício não está remontando. O esqueleto olha pra baixo, confuso. Trepadeiras chiando pendem do seu centro.

Os esqueletos que o Quint quebrou também não estão se remontando.

O Quint olha pra ponta do seu bastão. O Dirk olha pra sola da bota. Leva um minuto pra eles entenderem o que aconteceu.

Em seguida, o rosto do Dirk se ilumina.

— As minhas botas — ele diz ao Quint. — Elas estão cobertas de gosma-gosmenta! Do Projeto Cores Brilhantes!

— E eu usei a parte inferior do meu cajado como uma vareta pra mexer a mistura! — o Quint completa.

— Peraí, projeto o quê? — De repente, estou mais preocupado por ter sido claramente deixado de fora de algo grande do que por um bando de soldados ossudos.

— Agora não, Jack! — o Dirk retruca, e eu sigo o seu olhar pra cima, pra um esqueleto se arremessando sobre nós, com um machado de batalha nas mãos.

Segundos antes de ele nos atingir, a June entra em ação, usando a Arma pra bloquear o golpe...

O Dirk agarra o esqueleto e o arremessa na arena de *laser tag*.

— Pessoal, boas notícias! — a June exclama. — O medo do Jack de perder um evento pode ter salvado o dia. Esse ataque destravou totalmente a Arma!

Ela engatilha o mecanismo de carregamento e desliza a granada gosmenta pra dentro. Prontíssima pra detonar.

O medo parece ter se instalado nos esqueletos, algo que nunca vimos acontecer com os zumbis.

Todos eles dão um lento passo pra trás...

— Isto é pra vocês! — a June diz, feliz da vida, e atira a granada gosmenta direto em um grupo de trinta soldados esqueléticos.

Hoje, esqueletos... só amanhã!

KAAA

PLOOOOSH!

Há uma explosão de verde e rosa, que se misturam, criando uma névoa rodopiante.

— Você precisa de uma frase de efeito melhor — digo pra June quando a névoa se dissipa.

— Ah, você quer dizer tipo "caramba"? — ela pergunta com um sorriso provocador.

— EI! — exclamo. — É UM TRABALHO EM ANDAMENTO! O APOCALIPSE JÁ COMEÇOU, AS COISAS ESTÃO CONFUSAS, E ACHO QUE FOI EM UM MOMENTO DE HORÁRIO DE VERÃO!

Nesse momento, a Globlet vem pulando.

— Uau, June! *Você que fez isso?* Mandou bem, amiga! Irado.

A Globlet está certa, foi irado mesmo.

A granada gosmenta da June explodiu completamente duas dúzias de inimigos. As trepadeiras se derreteram, e uma fumaça ficou saindo do que sobrou.

Alguns esqueletos feridos cambaleiam. Um levanta um machado de osso bem alto na tentativa de atacar. Mas o peso o puxa pra trás, e ele cai no chão.

— Ei, ei — a Globlet diz. — Essas trepadeiras acabadas têm um cheiro *horrível*.

— É mesmo — o Dirk grunhe. — E não tenho certeza se a festa já acabou.

Conforme a fumaça vai se dissipando, vemos dezenas de soldados esqueletos se aproximando.

Eu balanço a minha lâmina, trazendo o Alfred, a Esquerda e o Glurm cambaleando pra frente. Os zumbis olham pro esquadrão. O Grandão surge atrás de nós. O Rover avança até ficar ao meu lado.

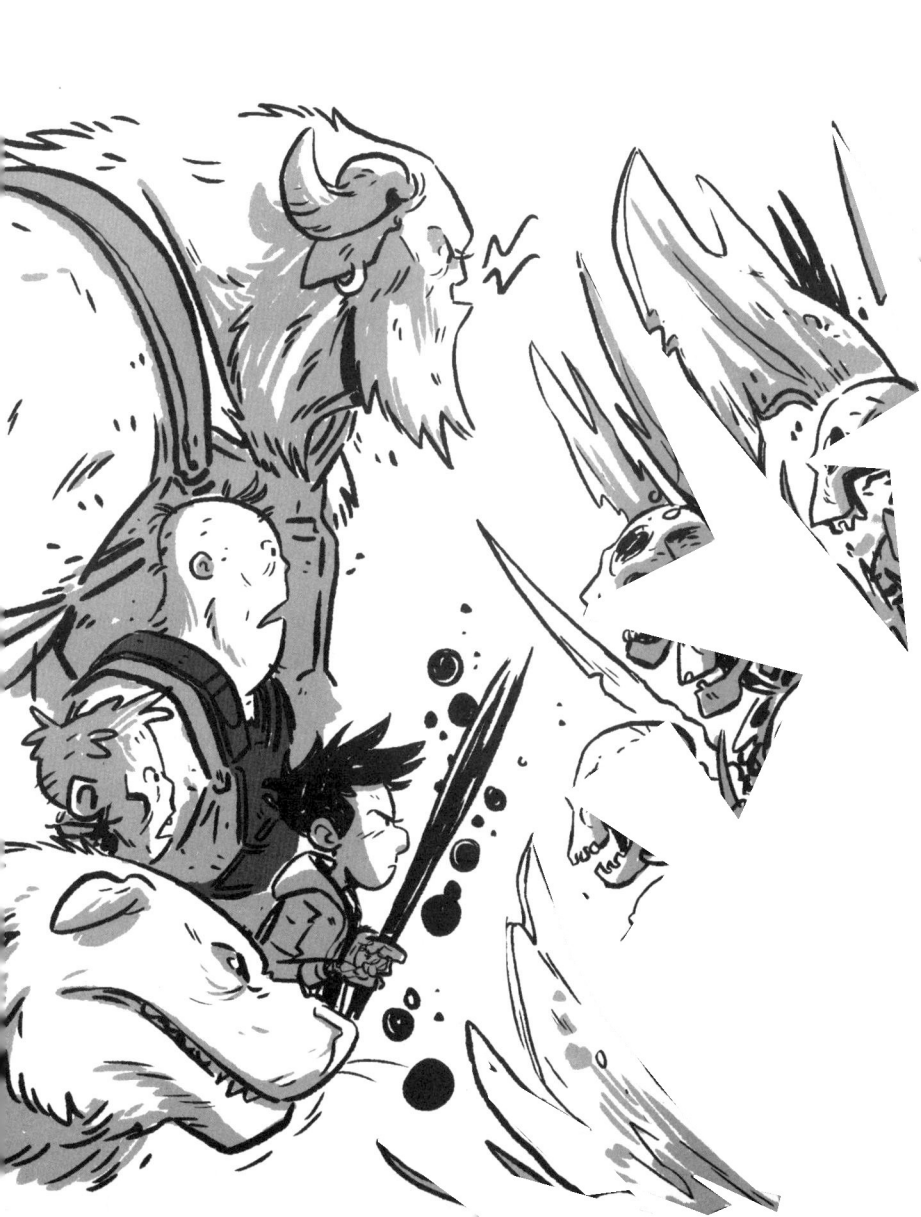

Os esqueletos param. Eles podem não ter cérebro, mas sabem o suficiente pra não serem espancados e quebrados à toa.

— Vamos ver o quão inteligentes eles são. — A June estica a mão e abre a lateral da Arma. Então, de mãos vazias, finge deslizar outra granada gosmenta pra dentro. — Vocês querem um pouco mais? — ela rosna e aponta o pequeno canhão pra horda de esqueletos.

Eles balançam pra frente e pra trás.

O meu coração bate forte — se eles não acreditarem, seremos vencidos. Então há um SILVO alto e, ao mesmo tempo, eles se viram e vão, correndo, pro estacionamento e pra longe.

— E NÃO VOLTEM! — o Dirk grita.

— A gosma funcionou muito bem, amigo — o Quint diz. — Mas eles logo estarão de volta.

— E em maior número — completo. — Ei, falando nisso, precisamos de um nome pra esses caras. Soldados Esqueletos? Lutadores Ossudos? Vilões da Trepadeira?

Enquanto caminhamos pela pista meio desmoronada em direção aos nossos BuumKarts, a minha mente está acelerada.

Na minha opinião, com certeza, *tecnicamente*, ganhamos essa luta. Mas não é o que parece. Essa foi por pouco. Muito pouco. E o tamanho daquela força de combate era, tipo, não sei, mas acho que só um aperitivo! Sem dúvida, o Thrull tem algo maior planejado pro prato principal.

Quint, vamos precisar de mais gosma-gosmenta. Muito mais.

Ah, eu sabia disso fazia tempo! Não se preocupe, o Dirk e eu já estamos resolvendo...

Capítulo Três

Certo, estou oficialmente chamando o que aconteceu de Primeira Batalha dos Esqueletos, porque parece épico e histórico. E durante aquela batalha épica e histórica, o Alfred, a Esquerda e o Glurm provaram ser os zumbis mais dignos de se juntar ao meu ESQUADRÃO ZUMBI.

E agora, eles são os únicos que me fazem companhia, porque o Quint, o Dirk e a June sumiram *imediatamente* após a nossa luta com os esqueletos.

O Quint e o Dirk saíram pra trabalhar no "Projeto Cores Brilhantes", embora não digam nada sobre o que é. E não vou mentir, isso é superfrustrante pra uma pessoa como eu, que gosta de saber o que os seus amigos estão fazendo o tempo todo, porque *esse é o tipo de coisa que os amigos devem saber*!

E a June partiu com a Globlet e o Grandão pra fortalecer as defesas da nossa cidade, agora que sabemos que os soldados do Thrull estão a uma distância de ataque.

O que deixa pra mim e os meus zumbis a tarefa de fazer o relatório da batalha dos esqueletos. Claro, fomos vitoriosos, mas tenho que ter certeza de que eles sabem quem está no comando.

> Cada batalha é uma batalha de centímetros.

Um GUINCHO ensurdecedor interrompe o meu discurso dramático. Ponho a cabeça pra fora da janela: é a Phyllis, o monstro-pelicano que vigia o muro da nossa pequena cidade. Isto é importante: um guincho da Phyllis é o sinal de que alguém, ou *algo*, está se aproximando da cidade.

— Hã, conversem entre si, amigos zumbis! — digo, e os mando embora cambaleando.

Momentos depois, estou na beira da Praça da Cidade, abrindo caminho no meio da multidão de monstros que se forma.

Encontro a June na frente, olhando pelo binóculo, com a Globlet empoleirada no ombro.

— O que é? — pergunto, animado. — Caras maus? Caras bons? Caras médios?

A June abaixa o binóculo, e vejo que os seus olhos estão úmidos de alegria.

— É a Skaelka! — ela diz.

— É melhor ela ter me trazido um globo de neve — a Globlet comenta. — Ela prometeu!

Eu sorrio. O retorno da Skaelka é um grande alívio. Tem sido muito tenso pra todos nós desde que ela se aventurou em busca de informações sobre o Posto Avançado.

A Skaelka está cavalgando a sua Carapaça como um cavalo pela rua Principal. Ela balança e sacode no assento da sela do carro. Um capuz cobre a sua cabeça. O seu machado brilha ao sol forte da tarde.

A Carapaça desce lentamente pela estrada, as garras cravando-se desajeitadamente no chão, como um daqueles cachorros usando calçados. Percebo que a Carapaça está ferida. A sua carcaça externa, o carro, deve ter sido arrancada em batalha, e um canhão quebrado é arrastado frouxamente na parte de trás do seu corpo.

— Parece que tiveram alguma ação lá fora — digo, muito sério.

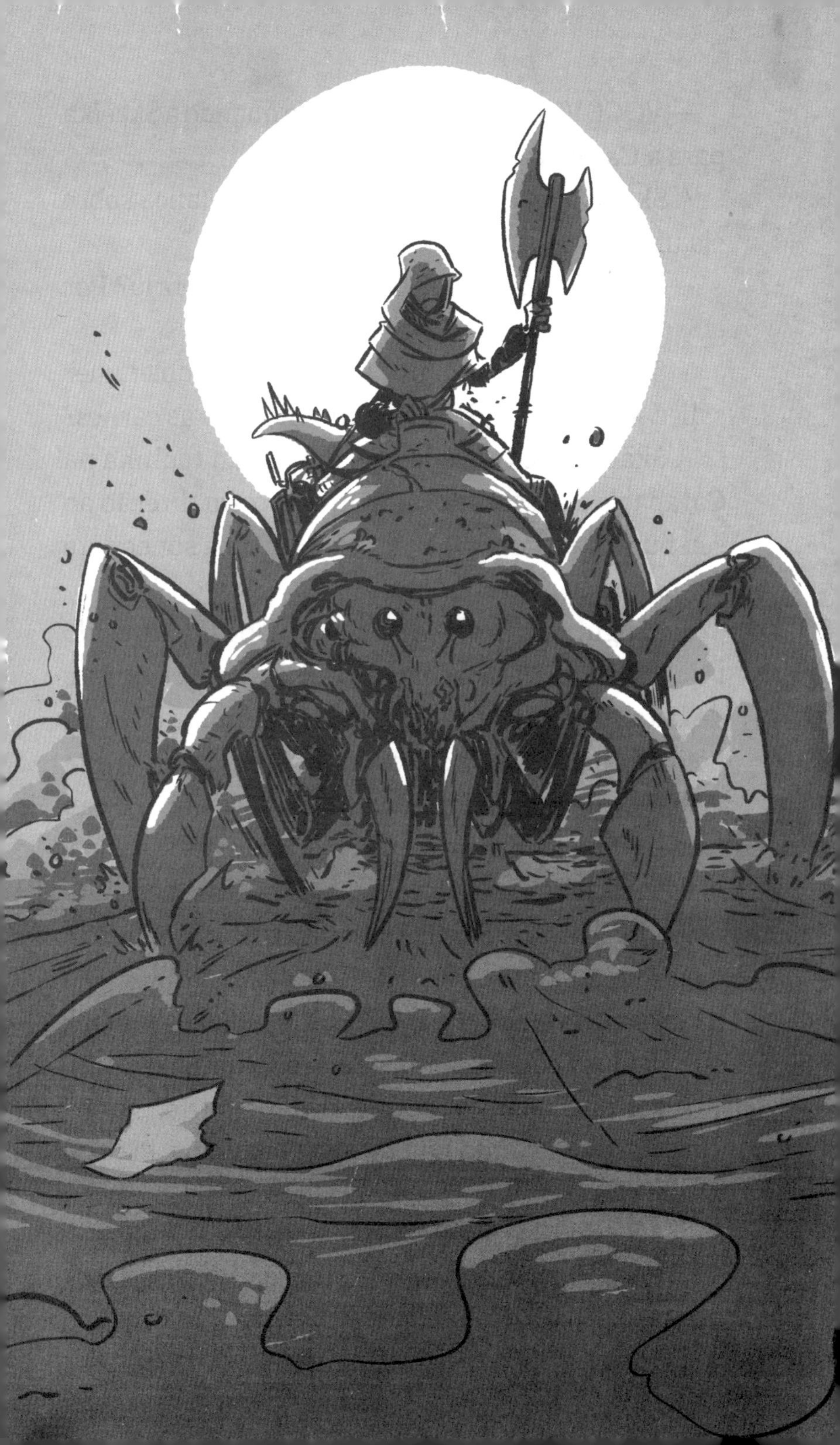

— VOCÊ VOLTOU! — a June grita quando a Skaelka para a Carapaça.

A Skaelka mal saiu da sela e a June já lança sobre ela um interrogatório completo:

— Onde você esteve? O que você descobriu? Por que demorou tanto?

— E você encontrou um Arbys? — a Globlet quer saber. — Era verdade? Eles tinham todas as carnes?

A Skaelka fica em silêncio. Ela dá um tapinha na Carapaça, e a criatura sai mancando em direção ao seu buraco de dormir, onde vai tirar uma soneca até ser necessária novamente.

Em seguida, a Skaelka remove o capuz, e é quando vejo que a sua Carapaça não é a única com cicatrizes de batalha. A sua pele está terrivelmente castigada pelo sol e marcada por cortes e hematomas. A sua armadura, amassada; a sua faixa, rasgada; e o seu porrete da sorte de bater em Bestas, coberto de gosma.

— É oficial — a Globlet diz. — Você está péssima.

Normalmente, a Skaelka socaria a Globlet por um comentário como esse. Mas não nesse momento. Não vejo nada daquela energia frenética da Skaelka de sempre, que viemos a conhecer e amar e, vez ou outra, temer.

A voz da Skaelka é rouca e seca:

— Estou viajando há dois dias seguidos. Preciso de um refresco.

— Vou pegar um refrigerante pra você — digo.

— Nada de refrigerante — ela responde. — Essa sede é feroz. Apenas rolinhos de pepperoni podem saciá-la...

Seis minutos e 219 rolinhos de pepperoni depois...

Então, o que descobriu? Sabe onde fica o Posto Avançado? Você esteve nele? E melhor, descobriu onde o Thrull está? Ou a Torre?

Você achou algum refri de uva? Temos bastante daquele de laranja, mas nada de uva.

A Skaelka não responde a nenhuma das perguntas da June, ela apenas enfia uma porção de rolinhos de pepperoni na boca e toma um grande gole de molho ranch pra ajudar a descer.

Finalmente, a Skaelka se recosta no sofá. Tenho a sensação de que seja lá o que ela disser em seguida... vai mudar tudo. O meu pé está batendo no chão, a mil por hora.

— Monstros estão escolhendo lados — a Skaelka começa a falar. — Muitos juraram lealdade ao Thrull.

— Mas o Bardo me disse que muitos estavam do lado do bem — eu lembro. — Como o Sucatken.

— Alguns, sim. — A Skaelka suspira. — Mas muitos não são. O que dificultou a obtenção de informações.

Ela aponta para as suas feridas, e a June estremece. Posso dizer que ela se sente mal porque a Skaelka teve que se sacrificar para conseguir essa informação. Mas, de novo, estamos lutando contra o mal, todos estão fazendo alguns sacrifícios.

— O posto avançado que você procura é controlado pelo Ryķk — Skaelka conta. — Ele é um ex-Rifter, agora envolvido em muitos negócios ruins em muitos lugares ruins.

— Ryķk... — a Globlet rosna. — Então é com ele que falo sobre o meu globo de neve...

— Se esse cara comanda o Posto Avançado, ele saberá onde encontramos o Thrull e a sua Torre.

— A June se inclina pra frente. Usando a sua voz investigativa de repórter com um prazo apertado, ela pergunta: — Então, onde está esse... *Ryķk*?

A Skaelka remexe na sua mochila e então joga uma grande moeda de ouro na mesa...

— Uau. Você roubou isso do pirata dos Goonies?

— Parece que veio de um tesouro pirata.

— E É. ISSO É UMA MOEDA RIFTER.

— Ah... Brilha!

— Uau! — exclamo. — Há sangue seco de monstro nesta coisa. Mas eu me pergunto se...

Começo a raspar a crosta da moeda. Logo, vejo palavras sob o sangue. Estreito os olhos pra ler, e começo a rir.

— É uma ficha do Chaz e Slammers! A rede de jogos eletrônicos!

A June toma a moeda de mim.

— Me deixa ver.

— Chaz e Slammers é onde o Ryķk mora. — A Skaelka toma outro copo de molho ranch. — É o posto avançado pra onde o Chefão Rifter estava indo, antes de você derrotá-lo...

— Mas tem, tipo, *um milhão* de Chaz e Slammers por aí — comento. — Como vamos saber qual é o posto avançado do Ryķk?

— Springtown! — a June diz, feliz.

Eu levanto a cabeça. Ela está usando o binóculo como uma lupa.

— Tá aqui na ficha: Springtown!

— O quê? Isso fica a meio país daqui — eu digo. — Talvez mais!

A June me olha de soslaio, sorrindo.

— Nesse caso, acho que vamos ter que atravessar metade do país.

— O Ryķk não vai te ajudar de graça — a Skaelka interrompe. — Mas acho que posso ajudá-los. O Ryķk é um colecionador. Ele aprecia objetos e itens difíceis de adquirir. Itens como este...

Ela puxa uma faca, levanta a sua cauda sobre a mesa e começa a cortar. Percebo que está serrando um dos pequenos espinhos que pontilham a sua cauda. Ela se encolhe, por um segundo, enquanto o sangue roxo de monstro goteja sobre a mesa.

A Skaelka começa a entregar o espinho cortado pra June, que está hesitante em aceitar.

— June — sussurro —, quando você ganha um apêndice de presente, não pode recusá-lo. Seria muito rude.

Embora relutante, a June pega o presente. Eu sufoco uma risada ao vê-la quase enfiá-lo no bolso. Mas aí ela decide que pode ser estranho, então o embrulha em um guardanapo e o segura desajeitadamente.

A Skaelka se inclina pra frente.

— Devo avisá-los: esse posto avançado... é um lugar perigoso. Nunca vão encontrar uma colmeia miserável mais cheia de...

— Diversão? — pergunto. — Porque os comerciais fazem o Chaz e Slammers parecer *superdivertido*.

— Não — a Skaelka responde. — Lá haverá...

— Mais jogos baseados em habilidade do que você pode jogar na vida? Porque os comerciais afirmam que o Chaz e Slammers tem...

— Não! — a Skaelka se irrita, e eu decido que tudo bem, vou calar a boca por enquanto. — Haverá criaturas cruéis e coniventes, bestas que ansiosamente arrancam os seus órgãos e os fervem como sopa.

— Não importa — a June afirma antes que eu possa me manifestar —, porque nós vamos mesmo. O Posto Avançado pode ser perigoso, mas de jeito nenhum é pior do que aquilo que o Thrull e a sua Torre reservaram pra nossa dimensão. Se não agirmos agora, antes que ele faça algo, temo que esses guerreiros esqueletos de trepadeira serão o menor dos nossos problemas...

Capítulo Quatro

De repente, as portas da frente se abrem e o Quint irrompe na Pizza do Joe.

— Jack! June! Venham rápido! Até que enfim, terminamos!

— A sua árvore genealógica ancestral de *Downton Abbey*? — pergunto.

— A sua réplica em palito da **Estrela** da Morte? — a June sugere.

— Melhor que isso! — o Quint garante. — Vamos! Eu só preciso mexer a fórmula...

— Hã... isso parece um *mau presságio*... — a June diz.

— Mas também meio... irado? — Arqueio uma sobrancelha.

Momentos depois, estamos seguindo o Quint pela Pizza do Joe. Eu aceno pra alguns amigos enquanto caminhamos pela cozinha e entramos na enorme câmara frigorífica. Dentro, vejo três tanques imensos. O Quint sobe apressado uma escada e começa a mexer.

— Bem-vindos à fábrica de gosma-gosmenta!

— Ou Projeto Cores Brilhantes.

— Façam cara de impressionados. Ele tá bem animado.

— Tem cheiro de cachorro-quente e suor. — A June torce o nariz.

— E eu *adorei* isso! — digo. — Quanto tempo vocês demoraram pra construir?

— Não foi um projeto tão grande — o Dirk explica com um encolher de ombros. — Eu costumava ajudar o meu pai nos seus locais de trabalho, e eles eram maiores do que isso. Os maiores!

Todos nós olhamos pro Dirk por um estranho momento.

— O que foi? — O Dirk dá de ombros de novo. — O meu pai era um mestre construtor. Antes de eu nascer, ele trabalhou em vários lugares, tipo na estação espacial, no antigo Estádio dos Yankees e em muitas casas de celebridades.

Continuamos olhando pro Dirk, e o momento embaraçoso ficou mais longo. Felizmente, o Quint nos interrompe:

— Bom, a fórmula não é tóxica para os humanos, mas extremamente tóxica para as trepadeiras do Thrull. E depois da batalha com o Thrull e a Gavinha, eu entendi que precisaríamos de mais gosma-gosmenta. Muito mais.

O Dirk concorda, fazendo que sim com a cabeça.

— E a batalha de esqueletos desta manhã provou que o nerd estava certo. Felizmente, enquanto você jogava amarelinha de zumbis, nós construíamos isto. — O Dirk apresentou a fábrica. — Três tanques cheios de gosma pra próxima vez que os cabeças de caveira aparecerem.

— Momento perfeito — a June comenta. — Porque também tenho grandes novidades! A SKAELKA ESTÁ DE VOLTA! E ela descobriu...

— ... ONDE ESTÁ O POSTO AVANÇADO! — exclamo, triunfante.

—Certo, bobão, obrigada por roubar o meu momento.— A June bufou. — Mas é isso aí, a Skaelka encontrou mesmo. O que significa que é hora de partirmos.

O Quint pensa por um breve momento, e em seguida concorda:

— Tá, então. Sabíamos que esse dia chegaria.

O Dirk bate no tanque algumas vezes.

— Bom, tá certo.

— Isso! — A June não segura a empolgação. — Nós vamos encontrar o Posto Avançado! Em seguida, descobriremos onde o Thrull está construindo a sua Torre! E aí iremos destruí-lo! E assim salvaremos esta dimensão e quaisquer outros sobreviventes que possam estar lá fora!

Devemos começar já os preparativos. Temos listas a fazer!

Muitas listas!

É hora de viajar! Finalmente! Espera só o Thrull provar dessa gosma-gosmenta. Ele vai correr de volta pra dimensão idiota dele.

Engulo em seco.

Eu sabia que *um dia* teríamos que sair e caçar a Torre do Thrull. Mas até este momento, tratava-se de uma missão num futuro distante. Porém, agora está mesmo acontecendo, e a realidade de *deixar Wakefield* se aproxima bem rápido.

E eu sinto que... bom... Não tenho certeza... Estou no processo de tentar entender tudo isso, quando a June chega, toda animada, dizendo:

— Agora que *finalmente* sabemos *pra onde* precisamos ir, podemos traçar um curso. E todas as boas viagens de carro têm um itinerário pré-planejado.

— Precisamos de um mapa — o Quint lembra. — De preferência, um muito antigo com mil vincos que a gente nunca consegue dobrar direito.

— Eu tenho um mapa — o Dirk afirma —, e não qualquer mapa. É o MELHOR mapa de viagem de TODOS.

— Hum, *que incrível* — a June comenta. — E onde está?

— Na minha casa — Dirk responde. — A minha, hã, velha casa.

Todos nos calamos por um instante.

Nenhum de nós jamais foi à casa do Dirk. Ele nunca tocou no assunto e nunca perguntamos. Parte de mim pensou que talvez ele não tivesse realmente uma casa; simplesmente não conseguia imaginar isso. Eu meio que imaginei que antes de tudo isso ele apenas vivia da terra e roubava o dinheiro do lanche...

Aahh, bom... eu vivo numa jangada no rio! E o Jack Sullivan é bem mais legal que eu!

Mas eu fui pra dezenas de escolas diferentes. E se isso me ensinou alguma coisa foi que os valentões da escola, e isso é o que o Dirk era, cem por cento, antes do Apocalipse dos Monstros, podem vir de todos os tipos de origens. Você não pode rotulá-los.

— Certo. — A June põe as mãos na cintura. — É hora de uma miniviagem de teste pra casa do Dirk antes da viagem real, a grande viagem, PRA SALVARMOS O MUNDO!

A casa do Dirk, no fim, é apenas uma casa normal em uma rua normal de um bairro normal. Já havíamos passado por lá um milhão de vezes, mas nunca soubemos que foi onde o Dirk cresceu.

— Nossa, uau... — a June diz enquanto seguimos o Dirk pra dentro. Ela respira fundo. — INCRÍVEL. Eu esqueci como era estar dentro de uma casa que não tem o cheiro de pasta de amendoim e peixe sueco derretido.

— Sim, éramos só eu e o meu velho — ele murmura, e nós olhamos ao redor. — As coisas eram simples.

O Quint, a June e eu andamos alguns metros atrás do Dirk, observando-o. Deve ser estranho pra ele estar de volta aqui agora. Muita coisa mudou; é como entrar em uma máquina do tempo. Há até uma pilha de correspondências fechadas acima da lareira.

Acho que todos nós temos um bilhão de perguntas. Mas, acima de tudo, o que eu quero saber é: o Dirk já foi, tipo, uma criança?

— Então, hã... vamos ver o tal mapa — a June diz, finalmente.

— Tá aqui. — O Dirk parece aliviado por ter uma tarefa.

Ele nos leva a uma pequena sala atrás da pequena cozinha. Vejo um sofá, uma poltrona reclinável muito usada, uma TV e um mapa *enorme*!

No alto do mapa, coberto de alfinetes, leio as palavras: "O MAPA DEFINITIVO DE VIAGEM DO DIRK E DO PAPAI!".

— Os alfinetes são todos os lugares em que você já esteve, Dirk?

— Os alfinetes? Não, Jack, são lugares em que eu e o meu pai iríamos parar — ele diz com certo orgulho. — Na nossa viagem definitiva. Cada pino é uma atração diferente à beira da estrada.

— Parece muito divertido. — A June sorri.

— Sim. Iríamos a *todos* os lugares — o Dirk comenta.

O Quint pergunta:

— O que houve?

O Dirk desvia o olhar rapidamente e encolhe os ombros.

— Hã... Bom... o Apocalipse dos Monstros meio que atrapalhou os nossos planos. E o meu pai estava ocupado trabalhando. Ele trabalhava muito.

— Claro. — A June parecia meio triste.

Não estou curtindo o clima aqui, não parece o início de uma viagem cheia de aventuras.

— Ei, Dirk. Este mapa é perfeito. Sério mesmo. — Eu aponto pro pontinho que diz Springtown. — É exatamente do que precisamos pra viajar até o Posto Avançado.

— E olha só! — A June ajuda o Dirk a soltá-lo da parede. — Vamos passar, tipo, por *dezenas* de lugares aos quais vocês iriam! Dirk, vamos conhecer várias das paradas da sua viagem!

Por uma fração de segundo, me preocupo que o Dirk se irrite. Como se estivéssemos tentando sequestrar a sua viagem de pai e filho, substituir o seu pai ou algo assim...

> Dirk! Sem videogame depois das onze!

> Você não devia estar fazendo a lição de casa?

> Filho, temos que falar sobre estas notas.

> Pais, larguem do meu pé!

Por um longo momento, o Dirk fica parado, olhando pro mapa.

Então ele se vira, e um sorriso enorme se espalha pelo seu rosto.

— Nós vamos viajar, pessoal. Vamos pegar estrada.

Capítulo Cinco

Nos filmes, todo o mundo grita "Pegar estrada!", e a próxima cena é um belo de um conversível cruzando a rodovia, e há uma bela música de viagem tocando alto.

Porém, na vida real, é preciso tomar várias providências primeiro: como arrumar as malas. Fazer as malas é *horrível*, então decido que vou levar apenas *algumas* das minhas coisas favoritas. Mas então me dou conta de que todas as minhas coisas são minhas favoritas. Eu não as teria se não fossem minhas favoritas.

Preciso do micro-ondas, da privada, deste chapéu divertido...

... e essas barras de chocolate, o sofá, a janela da parede oeste...

... e estes fiapos de bolso que venho coletando, o sistema de som, os meus livros... ah, esquece os livros...

... mas preciso da minha coleção de chaveiros e...

Vamos, bobão.

Claro, também tenho que levar o meu Esquadrão Zumbi, e duvido que eles caibam no banco de trás.

Mas assim que percebo que tenho um problema, descubro que o Quint já o resolveu.

A casa da árvore começa a tremer, e eu ouço a música dos *Goonies* tocando em alguns alto-falantes poderosos. Corro pro deque. Os meus olhos mal podem acreditar no veículo que vejo roncar e parar lá embaixo...

Mama Clássica (atualizada).

BIG MAMA VERSÃO DE VIAGEM

Trailer dos zumbis.

Nosso trailer.

Em um *flash*, estou lá embaixo, passando a mão ao longo da nova versão poderosa da Big Mama.

— Veja isso! — o Quint diz. — O *motorhome* está conectado à parte de trás da Big Mama, então podemos ir e vir sem parar.

— Eu sou muito a favor de ir e vir!

— E aqui atrás... — Quint aponta para um grande trailer de cavalos — ... é onde os seus zumbis podem ficar.

Monstros estão saindo do Joe pra ver o nosso novo veículo tunado. Ver os nossos amigos monstros juntos assim me faz me dar conta, mais uma vez, que isso está *realmente acontecendo*. Estamos nos despedindo, por não sei quanto tempo, da casa da árvore, de Wakefield e dos nossos amigos monstros. E isso significa que não podemos deixar a cidade sem ter uma última...

SUPERFESTA MONSTRO DA PIZZA DE DESPEDIDA NO JOE!

Perto do final da festa, me pego ficando sem ar enquanto assisto à June e ao Grandão dançando uma velha canção dos anos 1980 sobre despedidas.

Resolvo ir lá fora. A casa da árvore está acima de mim, mais impressionante do que nunca. A ideia de que esta pode ser a última vez que vejo a minha casa na árvore, a minha casa, sob o luar, é demais pra mim.

— Jack, estou interrompendo as suas lágrimas de alegria?

Enxugando os olhos, vejo a Skaelka.

— Não são lágrimas de alegria, Skaelka. São... Deixa pra lá, você não entenderia.

— Tenho um favor a pedir, Jack. Um grande favor.

Eu suspiro.

— Sim, Skaelka, já te disse: se eu não voltar desta grande missão, você pode ficar com a minha coleção de carteiras tiradas de zumbis.

— Ah, isso não. Eu já peguei essa coleção. Esse favor é muito maior...

Nunca vi a Skaelka tão séria. Ah, cara, será que ela precisa de um rim? Eu sou a pessoa certa pra doar um rim pra ela? Porque eu sinto que a amizade entre ela e a June é maior do que a nossa. E a June tem uma dieta muito melhor. E...

— Jack, é preciso que você me ouça com atenção, para que eu possa te pedir o favor.

— Nossa, Skaelka. Tá. Vá em frente. Você está me assustando.

— O que eu vi lá fora, no mundo selvagem... O poder do Thrull está crescendo... Há coisas que preciso fazer... e tenho de fazê-las rapidamente. Então, eu te pergunto...

ME DEIXE LEVAR O ROVER NA MINHA JORNADA.

O quê? Não. Não!

Você tá brincando? É brincadeira, né?

Tá bom, pega o meu rim, mas não o Rover!

A Skaelka pensa por um instante, e então dá um passo na minha direção.

— Eu preciso de um companheiro, Jack. Um que seja rápido, corajoso, leal. Um monstro que seja bom.

Essa é a exata descrição do Rover.

Uma bola está crescendo na minha garganta. De repente, sinto que estou em uma nova série pós-apocalíptica de *Lassie*.

— Ei, Rover? — digo suavemente. Eu me ajoelho, colocando a mão sob a sua mandíbula, levantando a cabeça dele até que estejamos nos olhando nos olhos. — Você sabe o que a Skaelka está perguntando?

As orelhas do Rover estão caídas. Depois de um momento, os seus olhos se voltam pro chão. Ele entende... e ele entende que deve ir. Então, finalmente, eu fico de pé.

— O Rover é meu amigo, Skaelka. Eu não sou o dono dele, então realmente não cabe a mim decidir. Mas parece que ele está pronto pra se juntar a você.

— Jack, eu protegerei o Rover com a minha própria vida. Você tem a minha palavra.

— Bem, sim, tá — digo. — É bom fazer isso mesmo.

A Skaelka acena com a cabeça, negócio fechado, então retorna pra festa. Eu desabo no chão e dou ao Rover um montão de carinhos de "bom menino".

— Ei, amigo — eu digo. — Um último passeio? Só nós dois?

O Rover sorri, feliz.

— Ótimo. Porque há uma última coisa que tenho que fazer...

Capítulo Seis

O Rover sai correndo. Ele corre como da primeira vez em que subi na sua sela — selvagem, mas concentrado; indomado, mas ágil.

E eu o cavalgo como se fosse a primeira vez, apertando o punho da sela com tanta força que tenho medo que possa quebrar.

Ele está se arremessando por Wakefield, correndo pelas ruas e pelos becos escuros como breu, com um sexto sentido.

Depois de um salto particularmente enorme e uma aterrissagem perfeita, eu o pego olhando pra mim, com um olhar do tipo: *Você viu o que eu fiz? Você achou maneiro? Eu sou o melhor garoto?*

Sim, ele é o melhor garoto. E deixar o Rover vai doer como nada doeu antes.

A única maneira de ter certeza de que doerá menos é ter certeza de que vou voltar pra vê-lo novamente. E que ele volte também!

— Tome cuidado na jornada, certo, Rover? — digo enquanto alcançamos o nosso destino.

Ele ronrona, e eu dou um tapinha na sua anca e prometo que farei o mesmo.

Então, a Warg sepultou o Bardo nesta estranha estrutura de rocha. Ela disse que não é costume *deles*, os monstros, é só dela. Uma forma de lembrar.

E estou feliz por ela ter feito isso.

Assim, às vezes, sinto que ainda posso falar com ele.

Nos últimos meses, sempre que tive um dia ruim, eu vim aqui, me sentei perto da pedra e apenas conversei em voz alta. Isso me ajudou. E sim, falar com uma pedra é estranho pra caramba. Mas, bom, existem maneiras mais estranhas de lidar com o sofrimento...

Oi, Bardo boneco de meia. Como está?

Me ouça bem, Jack boneco de meia. Sabedoria misteriosa isto, sabedoria misteriosa aquilo. Algo rabugento. Agora me dá um donut!

Eu arranco a grama, retirando tufos e deixando-os escorregar pelos meus dedos, observando o vento carregar as lâminas verdes.

— Bardo — digo, finalmente —, tenho que fazer uma coisa. A Missão: Operação mais louca até agora. Mas eu não quero. O que é esquisito, porque missões épicas são o meu barato. Eu deveria estar MUITO ANIMADO.

Dizer as palavras em voz alta me faz perceber que o meu medo não tem nada a ver com os perigos da jornada. Claro, a coisa toda parece impossível e há uma grande probabilidade de levar à morte, mas não é por isso que estou com medo.

Estou com medo porque a ÚNICA MANEIRA de ir e fazer tudo AQUILO é deixar pra trás tudo ISSO.

E isso me deixa nervoso. Ansioso.

O meu pulso está coçando.

A Mão Cósmica.

— Bardo, esta coisa que você me deixou, a Mão Cósmica... Ela coça. E, amigo, isso é algo muito errado de se fazer, dar a alguém um presente muito importante, assim que você morre, e não avisar que vai *coçar horrores*.

Eu balanço a cabeça e rio um pouco.

— Quero dizer, é como se a sua tia-avó te desse de aniversário um daqueles suéteres de lã que coçam, e te fizesse prometer usá-lo todos os dias, e então simplesmente partisse...

Eu me mudei muitas vezes. Nunca me importei. Eu *gostava* de me mudar. Mas agora? Wakefield, a casa da árvore... é a primeira vez que tenho uma *casa de verdade*.

É por isso que é tão difícil. Porque eu quero partir em uma aventura épica. Mas *também* quero ficar aqui e não mudar nada nunca. No entanto, não posso ter as duas coisas.

Pra assumir a missão épica, tenho que partir. E partir é como destruir tudo o que construímos aqui. Terminar com tudo.

Eu simplesmente não estou pronto.

Olhar pra rocha do Bardo me fez lembrar da vez em que ele tentou dar um salto de bicicleta BMX, embora provavelmente nunca tivesse visto uma bicicleta antes.

E então eu estou gritando de tanto rir, delirando, ao me lembrar dele esparramado no chão em uma posição boba, resmungando: "Chega de pulos de bicicleta".

— Você está rindo da minha pedra?

Eu me viro. É a Warg.

— Não. De jeito nenhum. Eu... estou rindo perto dela.

— O que é tão engraçado? — a Warg quer saber.

— Acabei de me lembrar de uma coisa...

— De que você gosta de rir do falecido Bardo?

— Não! Eu gosto de me divertir. Porque eu sou Jack Sullivan. E GOSTO MUITO DE DIVERSÃO!

É por isso que prosperei durante este apocalipse. Agora entendi. Eu só precisava rir com o meu velho amigo pra sacudir esse entendimento.

Pra ter sucesso, devo ser...

JACK SULLIVAN! O CARA MAIS DIVERTIDO FAZENDO MILHARES DE COISAS EXCITANTES E SENDO PATETA E TENDO A MELHOR VIAGEM APOCALÍPTICA!

Alguém aqui pediu momentos incríveis?

KLAK KLAK KLAK

ALGODÃO DOCE!

— Warg, eu quero essa aventura. Preciso desta épica Missão: Operação. O Quint, a June, o Dirk e eu... vamos encontrar o Posto Avançado. Iremos descobrir onde o Thrull está construindo a sua Torre. E aí salvaremos o dia como se tivéssemos nascido pra salvar o dia. Porque é isso mesmo.

A Warg abre a boca pra responder, mas eu não paro:

— E nós vamos nos divertir ao longo do caminho. Porque se não estamos pelo menos *tentando* nos divertir todos os dias, então qual é o sentido de *tudo isso*?

— Sim, mas...

— Bom, é isso. — Eu dou um tapinha no braço da Warg. — Obrigado pela conversa estimulante, Bardo! A você também, Warg. Vejo vocês na volta!

Capítulo Sete

Na manhã seguinte, sou lançado pra fora da minha cama como se houvesse molas no colchão.

E há mesmo.

Veja bem, o Dirk ficou irritado comigo por eu ter dormido até tarde e depois ao reclamar que o seu épico bufê de café da manhã com panquecas estava frio, então ele e o Quint sobrecarregaram as molas do meu colchão. Mas esta manhã, quando o lançador de mola me joga pela janela, eu nem tô bravo...

SPROING-OING-OING!

Nem tô bravo.

Meio bravo.

De volta pra dentro, faço uma varredura nos quartos de todos, batendo nas portas.

— Acordem, seus dorminhocos! Levantem-se e vamos em frente! Deveríamos estar na estrada há dezenove minutos!

— PRONTA E ANSIOSA! — a June diz, praticamente explodindo pra fora do seu quarto. Ela parece uma conselheira de acampamento com o apito pendurado no pescoço, pochete de ação presa à cintura e listas nas mãos.

O Quint aparece, em posição de sentido, como se estivesse pronto pra chamada.

— Certo, Dirk, pegue o resto das suas coisas — a June ordena, consultando a sua lista. — Precisamos colocar a turma na estrada!

— A horta já tá no trailer — o Dirk responde. — Todo o resto que preciso está bem aqui. — Ele aponta pra uma pequena sacola plástica de supermercado, com algumas camisetas amassadas e meia dúzia de roupas íntimas.

— Não pode ser só isso que você vai levar! — O Quint chacoalha a cabeça. — E o resto das roupas? Protetor solar? Outro tênis? Capa de chuva? Casaco de inverno? Casaco de primavera? Casaco de outono?

Enquanto eles discutem quantos casacos são apropriados pra uma viagem pós-apocalíptica, eu me afasto pra me despedir do Rover. Fiz a maioria das minhas despedidas na noite passada, mas guardei o Rover pra hoje.

Tento fazer isso rapidamente, tipo arrancar um curativo. Mas não importa o quão rápido você o arranque, ele ainda dói. Além disso, às vezes há uma gosma preta pegajosa que fica grudada na sua pele.

É a pior coisa...

> Vejo você em breve, amigo. Prometo.

E então estamos guardando as nossas coisas na Big Mama, entrando, rindo, brincando e preparando tudo...

Quinze minutos depois, a Big Mama está zunindo pela cidade. Os meus amigos brincam, cheios de uma energia tipo "esse é o começo de algo épico". Mas eu fico sentado em silêncio, observando a cidade.

Passamos pela minha antiga casa. Há um grande buraco no chão onde a casa da árvore costumava ficar, antes que Vermonstro a realocasse no estacionamento da Pizza do Joe.

De repente, os cabelos da minha nuca se arrepiam, como se eu estivesse levando um choque de eletricidade estática. Há algo atrás da casa, entre as árvores. Não sei o que, mas juro que algo se move.

Esfrego os olhos, que estão... tá bom, eu admito, vermelhos e inchados por me despedir do Rover.

Quando olho de novo, o que quer que fosse sumiu. Mas não consigo evitar a sensação de que alguém ou algo estava lá... nos observando...

Estamos entrando na rodovia quando os meus olhos voltam a se concentrar, e eu vejo uma multidão aglomerada nas laterais da estrada.

O Quint se vira e sorri.

O Dirk me dá um tapa nas costas.

— Essa parte foi uma surpresa. Achei que você iria gostar.

São todos os nossos amigos monstros de pé e acenando. Despedindo-se de nós...

Acenamos, gritamos e o Dirk manda beijos. Mas logo os monstros estão no nosso espelho retrovisor, e a estrada se estende até onde conseguimos ver.

A entrada da Fun Land desliza pela minha janela quando passamos pelo parque de diversões. Não é o mesmo lugar de um ano atrás: trepadeiras invasoras devastaram o parque, e as atrações estão desmoronando embaixo delas.

Até agora, o meu mundo inteiro girava em torno de Wakefield. Será esta a última vez que verei a *única* cidade que realmente considerei um lar?

A June deve saber o que estou pensando, porque se inclina e observa a Fun Land, e Wakefield, desaparecer atrás de nós na estrada.

— Não se preocupe, Jack. Estaremos de volta, algum dia. Eu prometo.

— Como você pode prometer algo que não sabe se poderá cumprir?

A June dá de ombros.

— Eu simplesmente sou legal assim.

A Big Mama faz uma curva, e eu estou oficialmente o mais distante da casa da árvore que já estive desde o início do Apocalipse dos Monstros.

Os meus olhos saltam: de repente, é como se todo o mundo além de Wakefield estivesse diante de nós. É uma nova paisagem... estranha e alterada.

Vejo um monstro no horizonte, maior do que algo grande: uma criatura cosmicamente colossal. Ele parece um brontossauro.

Avisto prédios com trepadeiras explodindo de dentro deles. Observo os meus amigos e vejo o mesmo olhar no rosto de cada um — é algo como, *Sim, este novo mundo é assustador, estranho e diferente. Mas, cara, também é meio bonito...*

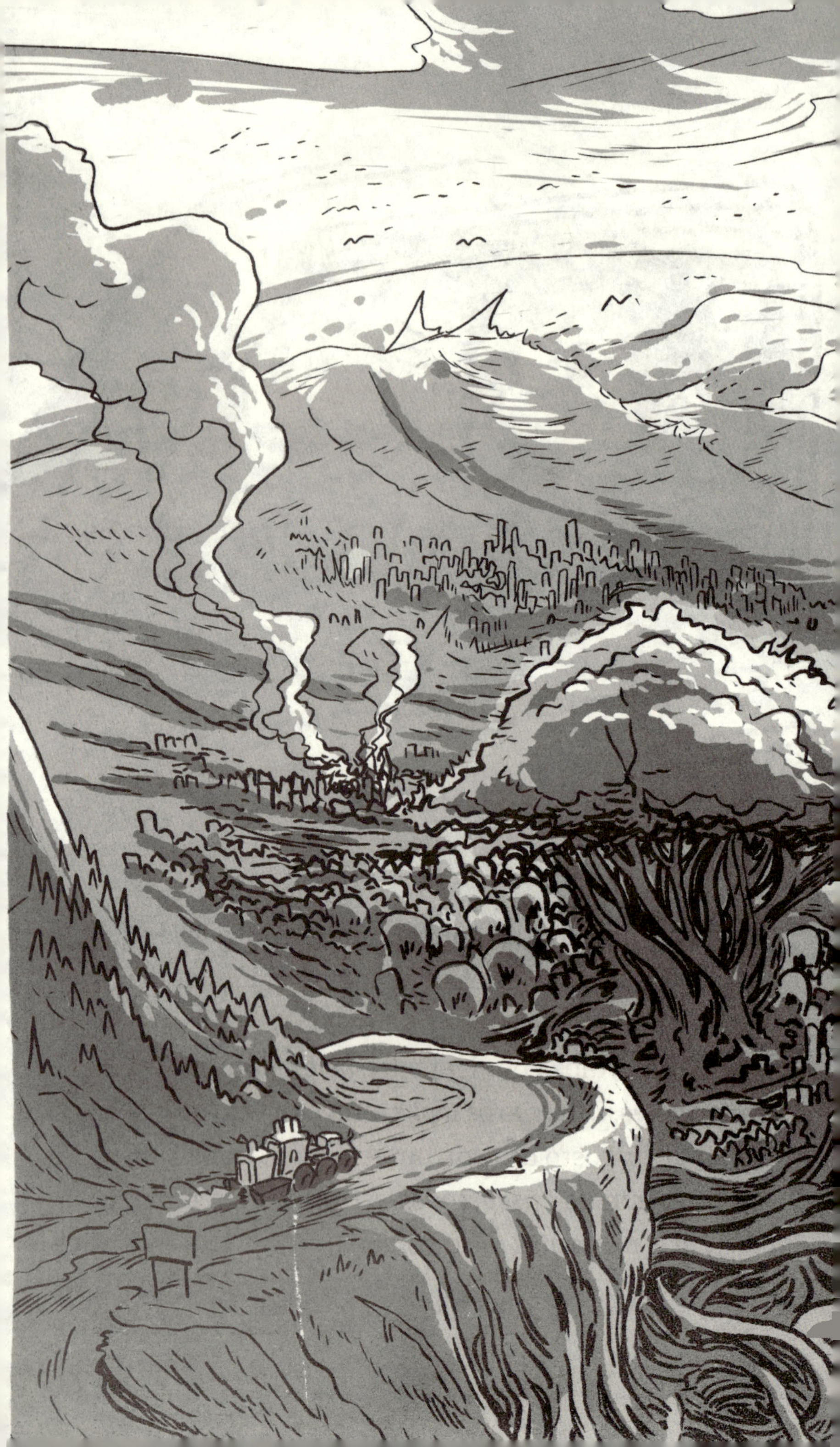

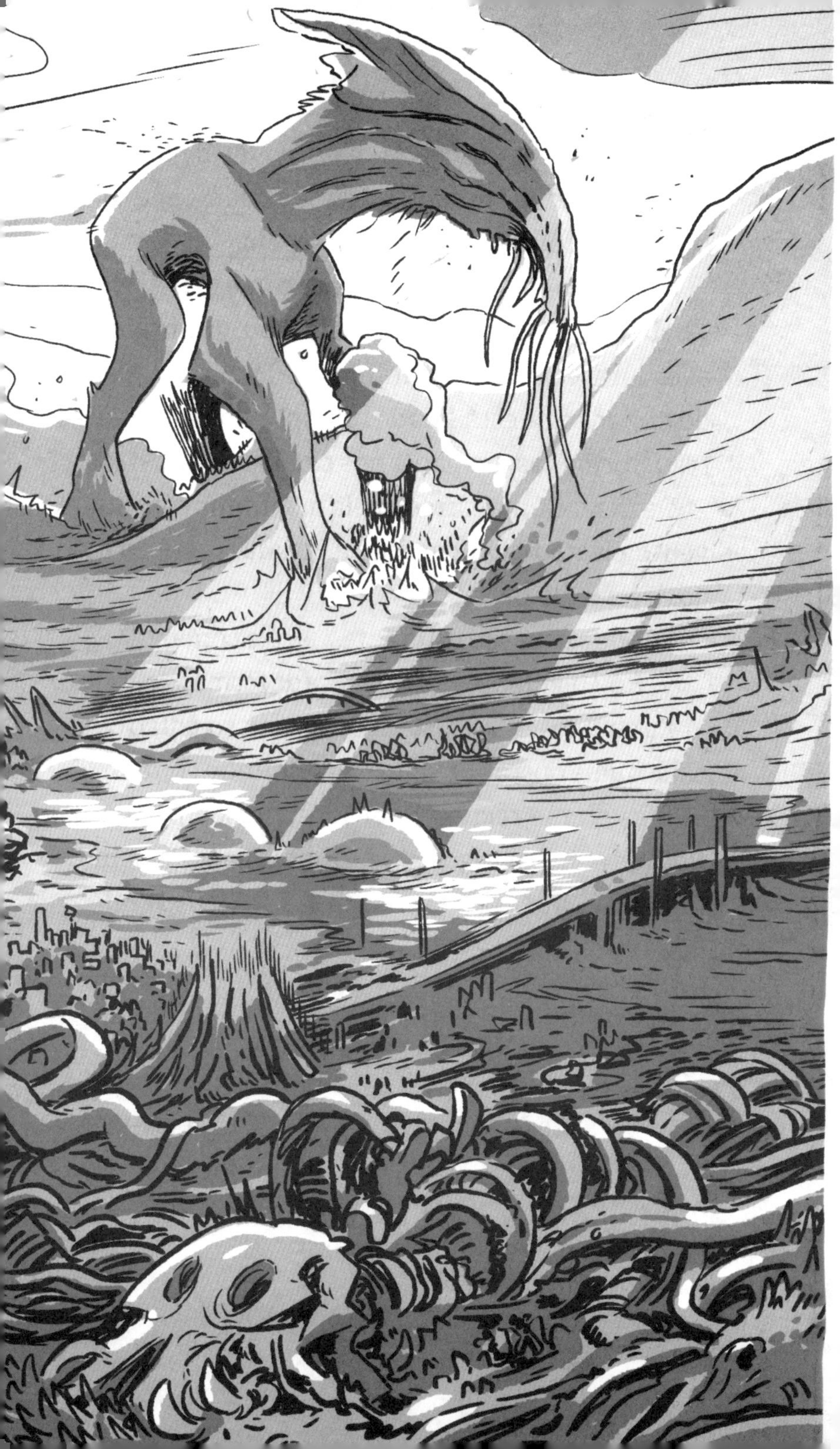

— Eu disse pra vocês que as coisas estavam ficando estranhas no mundo! — a June exclama enquanto olhamos boquiabertos pra paisagem.

A June nos contou tudo sobre o que ela e o Neon, o bebê Alado sem asas que ela salvou, viram em sua aventura. Coisas como ninhos de Monstros Alados do tamanho de estádios de futebol e cidades inteiras transformadas em pântanos cheios de monstros.

Descemos uma estrada pela montanha com muito vento, e então o Dirk aponta a Big Mama em direção ao deserto do oeste.

— Tudo está tão diferente... — ele comenta.

— É o Thrull — o Quint explica de forma agourenta.

Eu engulo em seco. Se o Thrull fez isso, então quem sabe quais outras ameaças este mundo contém...

Mas eu me recuso a ser uma pessoa pra baixo. Porque sim, o perigo está à frente, mas também temos AS COISAS LEGAIS ÉPICAS DA VIAGEM!

Capítulo Oito

— Não, nada de cachorro-quente — o Dirk fala. — Não estamos na casa da árvore. Temos a minha hortinha, mas ela não vai durar pra sempre. Será preciso aprender a sobreviver aqui na estrada.

— Somos como o Lewis e o Clark do apocalipse! — o Quint exclama.

— Totalmente! — concordo. — Nós cem por cento somos Lois e Clark. Do *New Adventures of Superman*! Eu costumava assistir às reprises desse seriado.

— Não *Lois* e Clark, Jack. *Lewis* e Clark!

— Certo, Quint, claro. Eles também. Somos todos os quatro: Lewis, Lois, Clark e Clark. Bom, June, você é Lewis. Dirk, você é Lois! E então... hmm, Quint, quem você quer ser?

— Você está perguntando se eu quero ser Clark ou se prefiro ser Clark?

— Sim, se eu quiser, tipo, criar uma coisa de apelido, de qual Clark devo chamá-lo?

O Dirk resmunga.

— É muito cedo pra resmungar — a June comenta, olhando pro mapa. — Ainda temos duzentos e quatro quilômetros até a atração número um da viagem apocalíptica de carro. A Mai...

— A Maior Coleção do Mundo das Menores Coisas do Mundo! — Dirk a interrompe, ansioso. — Apresentando algumas coisas grandes reais de bônus! Você não precisa me dizer o que é... eu *sei*.

— Duzentos e quatro quilômetros... — o Quint diz. — Eu estimo que isso nos levará menos de três horas!

Dezessete horas depois, estamos entrando no estacionamento.

O Dirk é como um cachorro que ouve as palavras "vamos passear" — ele está praticamente arranhando a porta.

— Estou tão pronto pra ver uma coleção ridiculamente grande de coisas minúsculas, além de algumas coisas realmente grandes!

Sabe, pessoal, todo o mundo sempre fala da maior coisa do mundo isto ou da maior coisa do mundo aquilo. Mas nunca sobre as coisas bem pequenas. É o que vamos ver.

Espera, então aqui vamos encontrar... dedais? E moedas?

Não, cara. Isso seria bobo. São coisas que deveriam ser grandes, mas eles têm versões minúsculas!

Muito menos bobo.

A MAIOR COLEÇÃO DO MUNDO

DAS MENORES COISAS DO MUNDO

E ALGUMAS COISAS REALMENTE GRANDES DE BÔNUS!

— Peraí, e as coisas grandes? Essas coisas são normalmente grandes?

— Não, Jack! — o Dirk responde. — São coisas que normalmente são minúsculas. Entendeu? É *kitsch*!

— É o quê? Quem é você agora, Dirk? — pergunto.

O Quint e a June estão correndo pra dentro.

— PESSOAL! QUE VERSÃO É ESSA DO DIRK?

— Este é o Dirk de Viagem — ele afirma. — Vai se acostumando, amigo.

Poucos minutos depois, estamos em uma sala redonda lotada de coisas muito pequenas. É empoeirada, cheira a naftalina e as paredes são de uma cor creme clara.

O Dirk está quieto.

Após um momento, ele se senta em um banco do tamanho de uma caixa de lenços de papel. Eu olho nervosamente pra June e pro Quint. Eles encolhem os ombros. Estamos todos preocupados que o Dirk esteja epicamente chateado com a nossa primeira parada no itinerário de viagem do seu pai.

Ele olha pro chão e suspira profundamente.

— É tudo... é tudo... é tudo... tão...

Aí, ele se levanta de um salto, com um sorriso tão largo que parece que as suas bochechas vão estourar.

— É tudo... tudo tão... pequeno! EU ADOREI MUITO!

O Dirk, a June e o Quint partem pra explorar o resto do museu. Mas não eu, sou mais um cara do tipo "prefiro o fim do passeio do museu". Porque no final de cada passeio no museu está talvez o maior conceito já criado pelo cérebro humano: A LOJA DE PRESENTES.

Ahh, sim, a loja de presentes.

Certa vez, a minha classe fez uma excursão ao planetário, e eu peguei uma pequena bola antiestresse em formato de Saturno. Não tinha ideia de que a queria, mas então eu a vi, e então *EU TINHA QUE TÊ-LA, EU PRECISAVA, FIQUEI SEDENTO POR ELA COMO UM VAMPIRO COM SEDE DE SANGUE FRESCO.*

E comprei a bolinha.

Esqueci o que aconteceu com a bola, provavelmente deixei no ônibus.

Mas o que quero dizer é: lojas de presentes fazem museus ruins valerem a pena. Você sofre com um monte de exposições enfadonhas sobre fotossíntese ou o que quer que seja, sabendo que, no final das contas, a loja de presentes te aguarda... uma miscelânea de *besteiras fantásticas*! Coisas de que ninguém precisa! E todo o mundo sabe que as *melhores* coisas são as que *você não precisa*.

Na maioria das vezes, eu ia à loja de presentes, mas não tinha nenhum dinheiro pra comprar as bugigangas indispensáveis que ansiava.

Mas não hoje! Hoje, *vou pegar tudo*. Sairei daqui parecendo o *mascote* oficial das lojas de presentes...

Olho as prateleiras e os mostradores giratórios. Balcões e prateleiras.

E fico absolutamente *maluco*!

Meu único erro foi esperar até depois da minha maratona de compras pra ir ao banheiro...

Aaah... droga.

MENOR MICTÓRIO DO MUNDO

Felizmente, não preciso resolver a situação do banheiro, porque um momento depois...

Eu ouço um enorme RUGIDO seguido pelos meus amigos produzindo uma grande quantidade de GRITOS.

Abro a porta... e quase sou *arrebentado* por um Dirk em alta velocidade. O Quint e a June estão logo atrás dele, correndo pela loja de presentes, se arremessando pra saída.

— Jack! Vai logo! — o Quint grita.

— Não consigo! O mictório é muito pequeno! Como é que alguém seria capaz...

— NÃO ISSO! — a June grita. — *Vai* no sentido de *corre*.

O lugar inteiro começa a tremer, e decido não fazer perguntas. Baixei a cabeça e corri, seguindo os meus amigos pra fora.

— Encontramos o maior monstro com aparência de escorpião do mundo! — o Dirk me informa aos gritos.

— E com o pavio mais curto! — a June adiciona.

Atrás de nós, ouço o maior estrondo barulhento do mundo. Corro pra Big Mama enquanto o prédio explode...

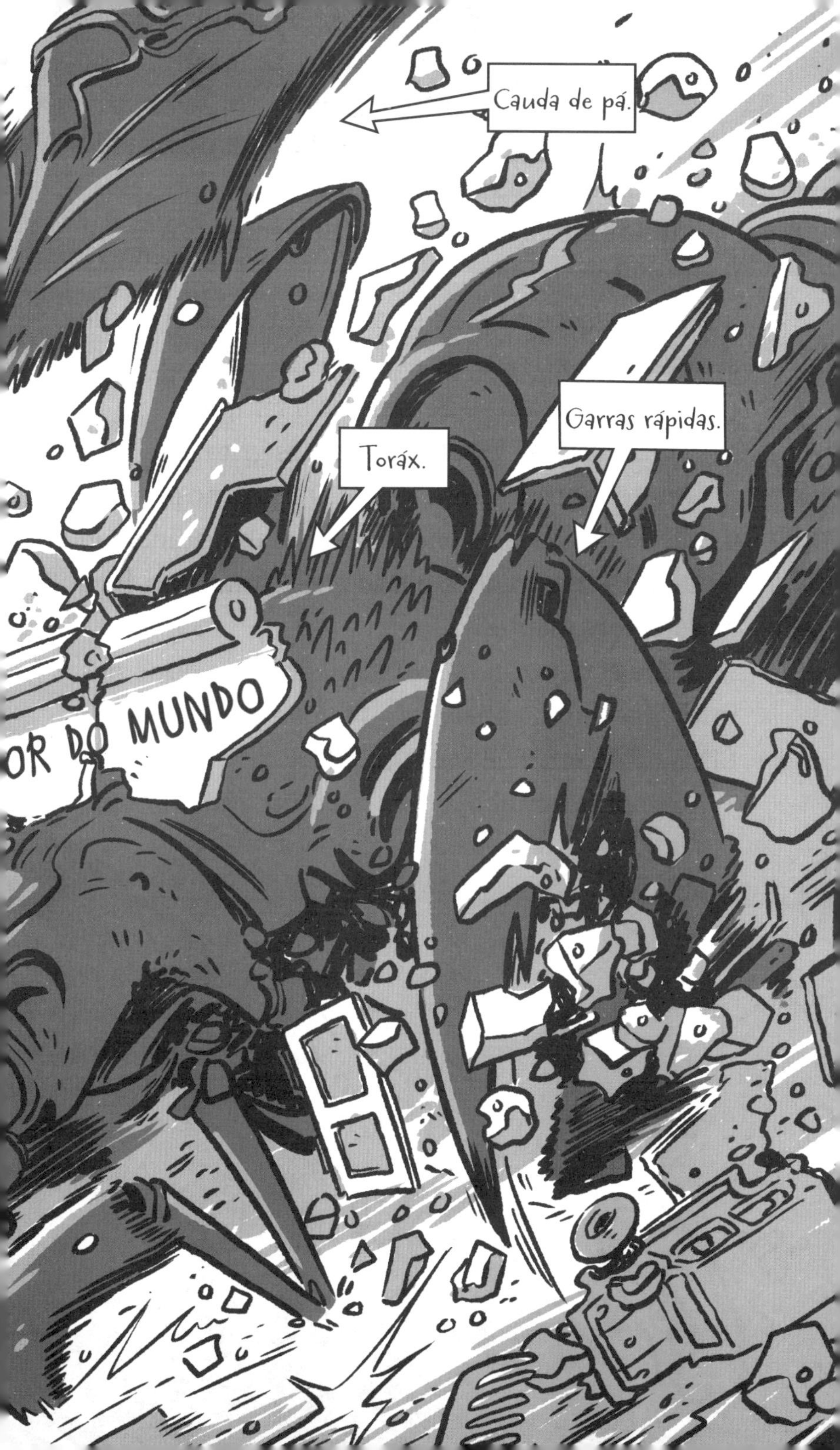

Cauda de pá.
Toráx.
Garras rápidas.
OR DO MUNDO

— Tá, eu já vi o suficiente! — O Dirk entra rápido na Big Mama atrás do Quint.

A June e eu corremos atrás deles, enquanto Quint liga o motor.

— Eeeeeeeee só preciso afivelar o meu cinto de segurança, verificar os espelhos... — O Quint vai fazendo os ajustes. — Segurança é sempre...

— QUINT! VAI LOGO! — nós três gritamos.

O cinto dele clica... então, o seu pé pisa no pedal. O motor turbo ronca, os pneus da Big Mama guincham no asfalto quebrado, e então aceleramos pra fora do estacionamento.

— Ele está jogando lixo na gente! — a June nos informa, com a cabeça pra fora da janela. — UM LIXO REALMENTE MINÚSCULO!

Ao colocar a minha cabeça pra fora da janela, vejo...

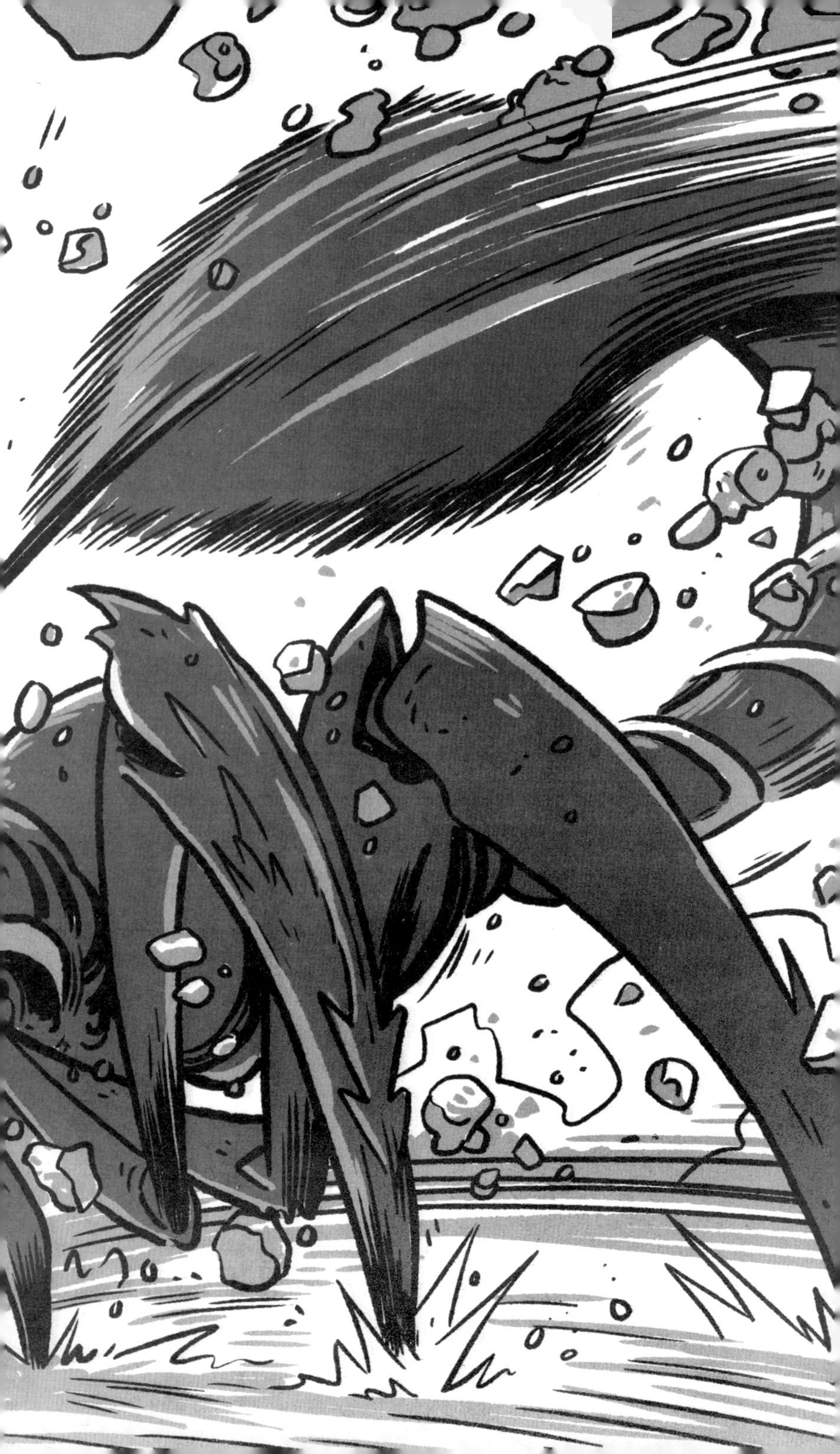

O monstro está usando a sua cauda de pá pra atirar coisas em nós. *Coisas realmente pequenas.* Elas golpeiam a lateral da Big Mama como granizo. O menor forninho do mundo bate contra o para-choque.

Em seguida, vêm as coisas grandes... Um cachorro-quente do tamanho de um sofá-cama bate na lateral da Big Mama. Uma Barbie em tamanho real tromba com o para-brisa. Um Ken em tamanho real se estabaca no trailer de zumbis, e a sua cabeça loira superbonita é arrancada.

— Os meus zumbis! — grito. — Tenho que dar uma olhada neles! — Corro pro trailer. Felizmente, eles estão bem.

Mas a horta do Dirk, não, porque um instante depois o maior apontador de lápis do mundo quebra a parede traseira. Cenouras e vagens saem voando.

Eu espreito cautelosamente pelo buraco quebrado ao lado da Big Mama. O monstro está no estacionamento, nos observando. Fico olhando pro "nada preto como tinta" dos olhos do monstro.

Não posso deixar de pensar que aquela coisa escorpião parece *mais* do que apenas um monstro raivoso aleatório.

Parecia algo especificamente feito pra nos impedir.

Algo leal ao Thrull.

Esse é apenas o primeiro de muitos novos monstros estranhos que encontraremos, agora que estamos fora de Wakefield.

Mas aquele monstro... ele parecia um aviso. Ou um presságio, um sinal de que coisas horríveis estão por vir.

Antes que eu possa pensar muito sobre isso, o GRITO repentino dos meus amigos atrai a minha atenção pra frente do carro.

Corro pela Big Mama, com o coração batendo forte, apenas pra descobrir...

Em meio às minhas lágrimas de tanto rir, acho que agora é a melhor hora pra dar as "más notícias":

— Pessoal, lamento, mas creio que a horta se foi. Acho que vamos ter que parar pra comer lanches no posto de gasolina.

O Dirk para de rir por cerca de dois segundos... depois começa de novo.

— Valeu a pena mesmo assim — ele ofega, enquanto todos nós caímos na gargalhada.

Capítulo Nove

A viagem está indo bem. Estrada aberta à frente! Aventura! Rumo ao horizonte!

O Quint pega um livro chamado *Jogos de Viagens de Carro para Famílias*.

— Onde você conseguiu isso? — quero saber.

— Fui à biblioteca antes de sairmos.

Claro que o Quint foi à biblioteca. Ele provavelmente até paga as taxas de entrega atrasadas.

— Diz aqui que a melhor maneira de tornar rápida e divertida uma longa viagem é manter os seus amigos e familiares entretidos e rindo. Agora, há algumas coisas *muito* interessantes aqui. O melhor de tudo: é divertido pra todas as idades! O que devemos jogar primeiro?

— Hmm — a June diz. — Que tal a gente... OUVIR UMA MÚSICA? Aumenta o som!

O Quint resmunga e joga General sozinho durante uma hora. Cada vez que ele grita "GENERAL!", eu quase morro de susto.

Jogamos algumas rodadas de Verdade ou Desafio. Eu desafio o Quint a perder uma partida de General... pra ele mesmo.

O Dirk escolhe Verdade, e a June pergunta o que o fez começar com toda aquela coisa de horticultura.

Ele explica:

— Foi com o meu pai. Ele me ensinou que se você sabe como cultivar a sua própria comida, está pronto pra vida. Embora ele só comesse burritos de micro-ondas...

— Falando em comida e sobrevivência e tal — interrompo —, alguém está ficando com fome? Porque aquela placa diz "Grande Parada de Descanso: próxima saída".

— Tá bom, tá bom... — o Dirk fala, e eu tento disfarçar um sorriso.

Sem a horta do Dirk, vamos ter *muitos* jantares ótimos em postos de gasolina.

Na saída, pego um aromatizante automotivo. A Big Mama está rapidamente se tornando um local de lixo tóxico.

Peguei com cheiro de Calda de Sundae Para Waffle. Mas acredite ou não, *ninguém* gostou do aroma!

— Eu não sabia que era possível — a June afirma —, mas a Big Mama está começando a cheirar *pior* do que a casa da árvore.

O fedor é *tão forte* que concordamos em passar uma noite fora da Big Mama. Paramos em um hotel que anuncia ter uma "piscina olímpica".

Definitivamente não é "tamanho olímpico", mas esse é o menor dos problemas da piscina...

— Ei, caras!

— Onde vocês estão?

— É bom não estarem me zoando!

Então, no próximo posto de gasolina, pego um aromatizador automotivo com o qual tenho certeza de que todos concordaremos: Pizza Bem Recheada. Porém, mais uma vez, ninguém gosta da minha escolha de aromas manufaturados. O meu novo aromatizador está pendurado no espelho retrovisor há menos de dois minutos quando o Dirk o atira pela janela.

— Ei! — grito. — Eu ainda estava sentindo o cheiro!

Ponho a cabeça pra fora e vejo o purificador de ar voar tristemente com o vento. Ele, por fim, vai parar no chão, então um monstro rinoceronte estranho e de aparência maligna trota pra estrada, fareja o purificador de ar e cai duro na hora.

— Todo o mundo é crítico hoje em dia... — resmungo.

— Pessoal, uma pergunta importante. — June arqueia uma sobrancelha. — Onde estão todas as vacas? Há *dias* que dirigimos e *não vimos* vacas! Eu quero gritar "muu" pra uma vaca. É muito pedir isso? Tipo, é mesmo uma viagem se você não gritar "muu" pra uma vaca?

Dois dias depois, a sorte sorri pra June. Vimos uma vaca pastando em um antigo estacionamento da Box Factory.

A June abaixa a janela com entusiasmo, limpa a garganta para se preparar e, em seguida, solta um "*MUUUUUUUU!*".

Mas paradas não programadas (e muitas vezes horríveis) são metade da diversão de uma viagem, certo? Mesmo se você quase morrer? Quero dizer, isso é o que todos os melhores filmes de viagens de carro me ensinaram.

E é exatamente isso que estou pensando quando paramos pra tirar fotos na frente de dinossauros gigantes de gesso oco. Eu coloco alguns equipamentos turísticos nos meus zumbis, e então mando que eles façam pose na boca de um T-Rex.

É uma ótima foto, mesmo que não tenha ficado exatamente o que eu tinha em mente...

Levamos metade de um dia pra recuperar a Esquerda. Ao levá-la pro trailer zumbi, eu digo:

— Sinto *muito*, de verdade. Esse foi o último encontro que teremos com um dinossauro nessa viagem! PROMETO.

Depois disso, visitamos toneladas das atrações de viagem apocalíptica do Dirk.

Na Floresta do Livro de Histórias da Mamãe Ganso, o Dirk anda por entre as árvores, acenando com um pedaço de pau, gritando feitiços. O Dirk gritando *"EXPECTO PATRONUM!"* pra um boneco de papelão do Gato de Botas talvez seja o grande destaque da minha vida.

Paramos em cerca de quarenta e uma lojas de conveniência que fingem vender coisas do Velho Oeste até que eu percebo que elas são apenas desculpas pra vender fogos de artifício. Eles lotam a frente com cadeiras de balanço e chapéus do Davy Crockett, mas a verdadeira atração é clara: fogos de artifício. O Quint compra um pacote deles e quase incendeia a Big Mama.

— Caras — a June diz —, viagens de carro detonam.

— É mesmo! — o Quint a apoia. — Mais crianças do ensino médio deveriam fazer viagens épicas por paisagens apocalípticas cheias de monstros terríveis.

Após cada atração da viagem, o Dirk a risca do seu mapa. E a cada vez, ele fica com um sorriso bobo no rosto.

Depois de todos os problemas que ele enfrentou, o cara merece...

LEMBRANÇAS do fim DO MUNDO

Queria Que Você Estivesse Aqui!

Capítulo Dez

Tá, estamos começando a ficar um pouco mal-humorados.

A causa do atual mau humor não é, tipo, a June monopolizando o rádio ou o Quint monopolizando todo o espaço para as pernas do Dirk.

É um problema de banheiro — o fato é que agora é quase impossível pararmos pra nos aliviar.

A influência do Thrull está em *toda parte*: as trepadeiras deslizando, o ar muito estranho, e, às vezes, passamos por um monstro que emite aquele antigo odor distinto: *o fedor do mal*.

Tudo isso torna cada parada mais perigosa do que a anterior... e todas as idas ao banheiro são traiçoeiras.

Feitos do Sucesso Apocalíptico
(Versão BANHEIRO NA VIAGEM DE CARRO)

Isso transformou a ida ao banheiro em um jogo. E jogos nos deixam mais corajosos, então, rapidamente começamos a completar os Feitos por todos os lados.

FEITO: Desafio do Medo
Ir no escuro.

FEITO: Sem Timidez

Completar uma ida ao banheiro com um zumbi por perto.

FEITO: Levantador de Tampa do Assento

Levantar noventa e nove tampas de privada sem encontrar nada terrível.

Eu tinha, tipo, mais sete tampas pra levantar, quando...

SKREEEE!!

Mas todo o perigo adicionado significa que já estamos no limite quando nos aproximamos da próxima atração apocalíptica da viagem.

O Dirk e seu pai tinham um panfleto pra cada atração que planejavam ver. Ele os lê em voz alta, deixando todos nós animados no caminho pra cada um.

— Dizem que este lugar abriga o cadáver de um monstro mítico que foi encontrado em uma mina próxima — o Dirk começa a nos contar, uma vez que estamos a dois quilômetros de distância. — Ele tem, tipo, olhos ovais enormes, dedos compridos como canudos de refrigerante, e está enterrado em uma tumba de vidro ou algo assim!

A atração fica ao lado de um trecho interminável de rodovia. Não existe uma cidade aqui: apenas um único cruzamento, com um posto de gasolina, uma lanchonete, um armazém geral e o nosso destino: a Entidade na rodovia Interestadual 8.

Mas, conforme nos aproximamos, vai ficando claro que tem algo errado aqui.

— Não tenho certeza se devemos parar... — O Quint diminui a velocidade da Big Mama até parar no meio da estrada.

— Odeio dizer isso — a June diz —, mas acho que concordo.

— Ora, vamos lá — o Dirk retruca, saindo do veículo. — Nós podemos lidar com isso!

Foi quando ouvimos o barulho, que é de arrepiar, gelar a espinha, roer as unhas e ranger os dentes.

— Isso tudo parece... errado — a June comenta.

— É como se as trepadeiras estivessem *comendo* esta cidade minúscula — acrescento, incrédulo e horrorizado.

O Dirk concorda com a cabeça. Ele está voltando.

— Elas estão engolindo este lugar inteiro.

— Virando do avesso — o Quint observa.

O único cruzamento da cidade agora é um monstruoso ralo — que é o centro da monstruosa infestação de trepadeiras. Milhares de gavinhas gotejantes saem das suas profundezas, girando e se contorcendo. Isso me lembra de uma aula de biologia, na qual aprendemos sobre veias e como todas elas conduzem o sangue ao coração.

É o que acontece aqui. As trepadeiras são como veias, devorando a cidade, levando matéria-prima pro ralo.

Eu ouço um som molhado de estalo: trepadeiras girando lentamente, procurando a sua próxima refeição. Os prédios estão meio comidos, com longos pedaços de cano projetando-se ao acaso, como espetos. Um carro foi agarrado. Um sanitário é puxado. Em breve, este lugar simplesmente deixará de existir. Este é o poder do Thrull...

— Acho que essa maravilha à beira da estrada está fechada. — A June aperta os lábios. — Permanentemente.

Só então, uma grande e larga camiseta de suvenir — sem corpo, apenas a camiseta — sai cambaleando da atração.

A camiseta se arrasta na nossa direção.

Então, ela tomba.

Um monstro, não muito maior do que a Globlet, sai da camiseta e se levanta. O monstro tem seis olhos — e todos eles estão piscando com uma mistura de confusão e medo.

O monstro atordoado nos encara como se não fôssemos reais. É justo — estamos observando tudo isso como se *não quiséssemos* que fosse real.

A boca do monstro se abre. Ele emite uma série de sons agudos.

— Eu acho que ele está com medo — afirmo.

— Ou ferido. Esses sons parecem, tipo, doloridos.

— Ele precisa de *ajuda* — a June comenta.

Aí, de repente, ela corre em direção ao monstro. Em direção à cidade agonizante. Em direção às trepadeiras, que agora estão girando mais rápido.

— Este lugar está sendo sugado pra baixo da terra! — o Quint grita. — Todo ele!

A voz de Dirk sai falha e inquieta:

— As trepadeiras são como areia movediça.

O Dirk tem razão. Tudo está sendo puxado cada vez mais rápido, como um redemoinho de um buraco negro.

— June! Volte aqui! — eu imploro.

— Não vou deixar o carinha aqui! — ela responde.

De repente, as trepadeiras explodem no chão abaixo de nós.

— Cuidado! — Eu salto pro lado, enquanto o Dirk puxa o Quint pra longe.

Mais concreto se estilhaça — e uma dúzia de trepadeiras grossas agarram a Big Mama...

— Solta a gente! — o Dirk ruge.

KAAA-KRAAAK!

O Quint gira na minha direção e ordena:

— Vá ajudar a June! Nós soltaremos a Big Mama!

— E detone essas trepadeiras também — o Dirk acrescenta com um rosnado.

Em um *flash*, estou correndo atrás da June.

Ela alcançou o monstro e luta pra salvá-lo. Mas as trepadeiras já o seguraram, e ele está sendo arrastado pro sumidouro delas.

— Segure firme! — a June grita e aperta ainda mais a mão do monstro, puxando com mais força.

Eu mergulho de barriga e agarro o outro braço do monstro. Mesmo quando estou tentando ajudar a puxá-lo, digo:

— June, temos que ir!

— Estamos quase conseguindo, Jack! Vamos, pequenino!

Porém, eu percebo, com uma inquietação repentina, que o monstro parou de lutar contra as trepadeiras. Não está mais lutando contra o estranho horror.

É quase como se *não quisesse* ser ajudado.

THRULL... O EXÉRCITO DO THRULL ESTÁ...

É quando o monstro é arrancado das nossas mãos. Puxado pra baixo.

— Não! — Inconformada, a June apalpa as vinhas, mas é tarde demais: o monstro se foi. Não sobrou nada além das trepadeiras envolventes e pulsantes.

Atrás de nós, o motor da Big Mama ganha vida. O Dirk, ao volante, luta pra se livrar das garras das trepadeiras.

Eu me ergo e cambaleio pra trás do buraco.

— Temos que ir, June. Agora!

Ela olha em silêncio para aquele poço giratório, o buraco horrível que puxou a criatura pra baixo e roubou a sua vida.

Então, nós corremos.

Quando chegamos à Big Mama, a porta se abre e o Quint nos puxa pra dentro. O Dirk pisa no acelerador, mas a Big Mama não se move.

O Dirk rosna:

— Temos trepadeiras segurando os pneus dianteiros!

— Eu cuido disso! — O Quint cambaleia sobre o painel e se espreme pela escotilha da janela da frente. Em seguida, rasteja pro capô, e aí joga dois balões de água com gosma-gosmenta sobre as trepadeiras.

Há um chiado familiar — mas as trepadeiras não recuam e derretem como de costume. Elas ficam cinzentas e diminuem a velocidade, enfraquecidas, mas não destruídas.

Depois de mais um empurrão do motor turbo da Big Mama, as trepadeiras quebram, e estamos livres.

À medida que nos afastamos, vejo as trepadeiras se movendo em direção ao edifício da atração. A entidade da Interestadual 8 cai, e elas começam a devorá-la.

— Dirk, sinto muito por não termos conseguido ver a atração.

— Só estou chateado por você não ter conseguido salvar aquele carinha, Jack. — O Dirk chacoalha a cabeça, solenemente.

Em seguida, toda a atração desmorona: vidro quebrando, madeira quebrando. As trepadeiras se retorcem e se apertam até que o telhado racha, e a Entidade, a coisa que viemos ver, é espremida pra fora do seu caixão de vidro.

Então, as trepadeiras também a consomem, e ela se vai pra sempre.

Há um momento de silêncio, durante o qual processamos tudo o que acabou de acontecer. O que vimos. O que o monstro disse.

— A gosma-gosmenta mal funcionou — o Quint fala. — Ainda matou *algumas* das trepadeiras, sim. Mas elas eram tão fortes que simplesmente não foi o suficiente.

O que não pode ser um bom sinal. Se as trepadeiras estão ficando mais fortes, ou se tornando resistentes à gosma-gosmenta, como ficamos?

O sol se põe atrás do horizonte da rodovia. A névoa se aproxima, e a tensão e o mal-estar na Big Mama são intensos.

Penso em como o monstro nem tentou lutar. Não buscou escapar da areia movediça de trepadeira. É quase como se o nosso mundo estivesse desmoronando tão rápido que o monstro não queria ficar por perto pro que viria a seguir. Como um filme tão ruim que você nem fica até o fim.

Fecho os olhos... e posso ver novamente aquele olhar final nos olhos do monstro. É como se o garotinho estivesse *convencido* de que o Thrull iria ganhar, que o Ṛeżżőcħ eventualmente chegaria e que a nossa dimensão já estava acabada.

Como se fosse certo que o Thrull é verdadeiramente irrefreável...

Capítulo Onze

**VOCÊ ESTÁ AQUI!
O NOVELO DE LÃ MAIS
MOLHADO DO MUNDO!**

Nesta noite, ainda estamos muito abalados e assustados com o que aconteceu. Então, eu sugiro que relaxemos com jogos de tabuleiro. É uma boa ideia, mas aí o Quint vai e escolhe *Risco*, o jogo menos relaxante de todos os tempos. Além disso, também é o jogo mais lento de todos os tempos. Jogar uma partida de *Risco* é como adotar uma tartaruga — você está fazendo aquilo pensando no longo prazo.

E o ritmo lento do jogo torna-se totalmente glacial quando os zumbis se juntam a ele...

O Dirk faz bolinhas de pipoca cobertas com manteiga de amendoim e recheadas com M&M e algumas sobras de cenouras carameladas que ele resgatou da sua horta demolida. Parece estranho, mas as cenouras realmente funcionaram.

Depois de algumas mordidas, me pego olhando pro meu Esquadrão Zumbi.

— Ei, Quint — digo, por fim —, você acha que eles precisam, tipo... você sabe. Tipo... *você sabe*.

A June olha pra mim.

— Ir ao banheiro?

— Não, não. Tipo... *comer*.

O Quint considera isso por um momento, e conclui:

— Acho que não. Eu percebi que os zumbis não se desintegram ou apodrecem. Eles não são como os zumbis retratados em quadrinhos, filmes e televisão. Já se passou mais de um ano, e os zumbis não parecem tão diferentes agora de quando tudo começou. Acredito que eles mordem não por causa da fome, mas apenas pra criar *mais zumbis*.

É uma teoria interessante. Isso significaria que os zumbis estão aqui apenas como parte do plano maior do Ṛeżżőcħ. E é muito inteligente, quando você pensa sobre isso — os portais se abrem, o Ṛeżżőcħ envia essa praga de zumbis: uma praga que pode transformar quase todas as pessoas na nossa dimensão em um de seus soldados.

Na verdade, é absolutamente brilhante.

Por que enviar o seu próprio exército quando, em vez disso, você pode desencadear uma praga que transforma a população existente em legiões infinitas de soldados zumbis subservientes?

Mas, é claro, Ṛeżżőcħ não esperava que o seu general, Ghazt — aquele que deveria liderar o exército — *perdesse o seu poder.* Pra *mim.*

— Certo, eu perdi Kamchatka. Isso é *Risco* suficiente pra mim. — A June boceja, se levanta e vai pro seu beliche. — Tomara que as trepadeiras não venham bater na nossa porta esta noite.

— Rá. Deixe que venham — eu desafio. — Vou mandar o meu Esquadrão Zumbi contra elas. Acho que o Alfred pode derrubar o Thrull *sozinho.*

Os meus amigos riem, mas é uma risada inquieta. Porque não temos razão pra estar tão confiantes. O que vimos na Interestadual 8 nos pegou de surpresa. Quase perdemos a Big Mama, e não conseguimos salvar aquele pobre monstrinho.

Digo boa-noite aos meus amigos e levo os meus zumbis pro trailer deles. A Esquerda e o Glurm rapidamente voltam a olhar pra parede, como de costume. Mas o Alfred está de cabeça erguida — me observando enquanto tento sair.

Eu sinto uma pequena conexão com o cara. Afinal, vimos coisas juntos. Em Wakefield, ele viu do que o Thrull era capaz. E ele avistou o Ṛeżżőcħ através do portal. Alguma parte do Alfred ainda pode se lembrar dessas coisas.

Temos que estar preparados, amigão. Pro Thrull e o que quer que ele mande atrás da gente...

Capítulo Doze

Os meus olhos se abrem.

Fui acordado por um terremoto ou algo parecido. Pode ser uma debandada de Caminhões Gigantes. Possivelmente uma rotina de sapateado de um elefante.

— O QUE ESTÁ ACONTECENDO? — o Dirk grita.

Eu giro e o localizo no chão, tentando se contorcer pra fora do seu saco de dormir.

— Agite bastante...? — o Quint murmura, ainda meio adormecido.

— Vamos lá! — A June pula da cama.

Em instantes, estamos acordados e vestidos. Durante o Apocalipse Monstro, você meio que se acostuma a vestir uma calça jeans em um segundo. Somos como *minutemen* modernos, sem os mosquetes, as perucas e a estranha obsessão por chá.

A June abre a porta, e saímos cambaleando. A nos saudar está o maior objeto em movimento que qualquer um de nós já viu...

À luz da lua, tudo que consigo ver é uma forma enorme rugindo na nossa direção. Não, "enorme" não faz jus à coisa. Isto é um grande nível de leviatã.

— Espere um minuto. — O Quint esfrega os olhos. — Isso aí é...?

— É sim! — respondo. — Não pode ser, mas é. É um shopping!

A June explica:

— Não apenas um shopping. É O SHOPPING. Esse é o Shopping Millennium, o maior shopping do hemisfério!

CRUUUUNSSHHHH-GRRRRRRRRR

Conforme a coisa avança e fica mais à vista, o Dirk diz:

— O maior shopping do hemisfério está em cima de um monstro com aparência de centopeia. Maravilha.

RRRRRMMM!

— Uma centopeia *colossal* — acrescento. — Combinada com uma lesma ou um caracol ou algo assim...

— Moluscos — o Quint comenta. — Lesmas e caracóis são moluscos.

— Quer dizer que isso torna essa coisa um MEGAlusco? — June pergunta.

— Nossa, June, caramba... — comento. — Bom. Muito bom.

O Dirk, que vem voltando pra Big Mama, afirma:

— Sim, bem... o seu "Megalusco" está prestes a nos transformar em uma pasta fina. Vamos embora!

Corremos de volta pra Big Mama — e é o caos. Lá fora, o chão se abre conforme a criatura se aproxima. Por dentro, o piso de metal está se retorcendo, e as janelas estão explodindo dos seus caixilhos!

— Aguenta firme, pessoal! — o Dirk ruge no assento da frente. — Vamos sair daqui!

Ouço uma porta se abrir. E lá fora, eu avisto...

— Os meus zumbis!

As vibrações devem ter aberto a porta do trailer, e agora eles cambaleavam do lado de fora.

Pego o meu Fatiador enquanto a Big Mama começa a andar pra frente, vacilante.

— Espera, pessoal! Ainda não! — grito. — Eu tenho que buscar a minha equipe! Eu pre... pre... pre...

De repente, o chão se mexe, a Big Mama chacoalha, e eu sou atirado porta afora!

O meu estômago revira. Percebo que o chão foi dividido em dois. Estou separado dos meus amigos, sendo levado pra longe. É como se eu estivesse em um iceberg que flutua no mar. Em instantes, a Big Mama está a centenas de metros de distância. E o abismo só crescendo.

Então, não consigo mais ver a Big Mama. Tudo o que vejo é o enorme Megalusco avançando pelo chão como um trem de carga que saltou dos trilhos.

CRUUUUNSSHHHH-GRRRRRRRRRMMM!

Não tem como eu alcançar os meus amigos agora — e não poderei fazer isso até o shopping passar. Mas tenho o meu Fatiador, então eu olho em volta, procurando por qualquer sinal do meu esquadrão. Com o abismo atrás de nós, há realmente apenas um lugar pra onde eles poderiam ter ido: pra frente.

Então, eu vou em frente. E enquanto desço uma rua rachada e rasgada, penso que *está cedo pra tudo isso*.

Bem atrás de mim, o rugido do baita Megalusco continua. Está nublado e quase não consigo ver nada. Mas há um brilho estranho adiante, assim, decido segui-lo... pensando que poderia ter atraído os zumbis como mariposas.

Depois de algumas centenas de metros, atravesso uma interestadual coberta de musgo e descubro um velho motel à beira da estrada. Uma placa enferrujada diz: Motel Entre Agora. A lua banha tudo com um estranho brilho azul.

— Como se este lugar não fosse assustador o suficiente — murmuro. — Muito obrigado, lua.

A folhagem interdimensional cresce selvagemente no estacionamento. Carros, espetados por algumas espécies estranhas de trepadeiras rígidas e afiadas como navalhas, se encontram suspensos no ar. Um fusca repousa, de cabeça pra baixo, na curva retorcida de uma árvore que irradia um vermelho flamejante.

Sigo avante.

A minha Mão Cósmica aperta a base do Fatiador quando chego à porta do motel e a abro devagar. E lá estão eles, os meus três zumbis, amontoados atrás do balcão da recepção.

— Alfred — digo com um suspiro. — Eu esperava mais de você do que fugir.

Todos os três gemem.

— Tudo bem, vamos lá, galera.

Eles se arrastam ao redor do balcão ao meu pedido e me seguem pra fora. Estou aliviado por não ter que revistar todo aquele lugar dilapidado. Dirijo os zumbis pra onde vi a Big Mama pela última vez.

Estou prestes a seguir adiante quando algo me chama a atenção: uma parede de trepadeiras suspensas, como uma cortina. Eu me viro. Ela está pendurada entre as duas alas do motel. E... demoro um minuto pra ter certeza, mas sim, as trepadeiras estão se movendo.

Os zumbis passam por mim em direção à Big Mama.

Então...

— *Jaaaaaack* — uma voz sussurra, provocando.

É uma voz que reconheço.

A parede suspensa de trepadeiras está formando algo. Ou *alguém*.

Engulo em seco.

Porque, conforme dou um passo à frente, eu sei o que, ou *quem*, é.

O Thrull.

Capítulo Treze

Mas na verdade não é o Thrull.

As trepadeiras só *se parecem* com o Thrull por um breve momento de ilusão. Em seguida, o rosto desaparece conforme elas se dividem ainda mais, e fico cara a cara com o monstro mais horrível que já encontrei.

Um que pensei que não tornaria a ver...

Nunca. Mesmo.

Nem em um milhão de anos.

Quero dizer, é claro que não pensei que o veria de novo... eu já *matei* esse monstro.

Ah, não.

É o Blarg. Vejo o buraco no seu crânio. *Eu* fiz esse buraco. Ainda posso sentir a maneira como o osso se partiu quando cravei o Fatiador na besta maligna.

Sem dúvida alguma é o Blarg — sem vida e sem pele; ele voltou como um soldado esqueleto.

De repente, a sua enorme mandíbula se abre, e ele uiva. Gritos de terror, dor e raiva se transformaram em um único lamento angustiado.

O uivo cessa.

E uma voz vem da pavorosa boca de ossos brancos do Blarg.

Não apenas uma voz: *palavras*.

É o Thrull.

A voz do Thrull. Palavras do Thrull.

— *Pare enquanto pode, Jack* — a voz comanda —, *e talvez eu deixe você e os seus amigos viverem.*

Eu engulo em seco. Isso é mais do que *apenas* o Blarg, e isso é mais do que *apenas* mais um soldado esqueleto. Este é um servo de Ṛeżżőcħ, que agora fala pelo Thrull... ou fala *como* o Thrull.

Dou um passo lento pra trás, observando essa abominação na sua totalidade.

BLARGUS, A VOZ DO THRULL

— *Volte pra Wakefield, Jack...* — a voz avisa novamente. — *Jogue os seus joguinhos. Viva a sua vidinha. Faça isso, e eu não irei destruí-lo.*

— Você sabe que isso não vai rolar — respondo. — Prefiro morrer tentando te impedir do que não fazer nada.

— *Até a morte seria um fim misericordioso. Continue a sua jornada, e eu farei a cada um de vocês o que fiz ao Bardo. Só que muito mais devagar.*

Não acho que o Thrull esteja blefando. Eu já vi algumas coisas da dimensão de Ṛeżżőcħ. Elas são quase todas inimaginavelmente horríveis.

Mas, ao mesmo tempo, por que o Thrull está tentando me convencer a desistir? Devemos deixá-lo pelo menos um pouco preocupado, porque do contrário ele iria *querer* que a gente continuasse. Que fôssemos atrás dele, pra que pudesse lidar conosco facilmente.

No entanto, em vez disso, ele tenta me assustar.

— O que foi, Thrull? Está bravo com o modo como as coisas terminaram da última vez?

Então, a nova carcaça do Blarg, pálida e de ossos branquelos — o Blargus —, ruge, e uma mão enorme balança na minha direção...

Eu levanto o Fatiador pra bloquear o seu próximo ataque, mas uma trepadeira bate na minha arma e a derruba da minha mão. Em um piscar de olhos, as trepadeiras estão deslizando ao meu redor. Estico o braço pra pegar o Fatiador, mas minha Mão Cósmica encontra uma trepadeira.

E aí: eu não estou mais lá.

Não estou mais do lado de fora do motel.

Em vez disso, voo por um túnel de terra, luz e energia. E de alguma forma, sei que estou viajando pelas trepadeiras, ou, pelo menos, ao longo do seu caminho. O meu cérebro e corpo parecem desconectados, como aquele momento horrível quando o Rei Alado me mostrou visões de um futuro possível. Mas, aqui, o que vejo é real. E está acontecendo agora.

Eu *vejo* o caminho que o exército do Thrull traçou pra chegar aqui. *Vejo* a destruição que o exército do Thrull deixou no seu rastro.

Vilas, cidades — *qualquer coisa que o Thrull possa alcançar* — estão sendo puxadas em direção à Torre. São recursos a serem utilizados na sua construção.

O mundo passa correndo como se eu estivesse em um jato voando baixo, rápido demais pra ver tudo com clareza. É nebuloso nas bordas e há tanta coisa que não consigo entender.

E então eu *vejo*, na minha frente, uma estrutura imponente, que se eleva em um céu escuro, pulsando com trepadeiras.

E eu entendo na hora.

É a TORRE.

Maior do que eu poderia ter imaginado. Maior do que qualquer coisa já construída neste mundo. E ao seu redor está o seu exército: um número infinitamente vasto de servos esqueléticos.

Eles trabalham, construindo, montando, moldando: ajudando a Torre a crescer. Tudo em volta do exército está escuro, e a Torre é apenas uma forma elevada e mal definida, envolta em sombras.

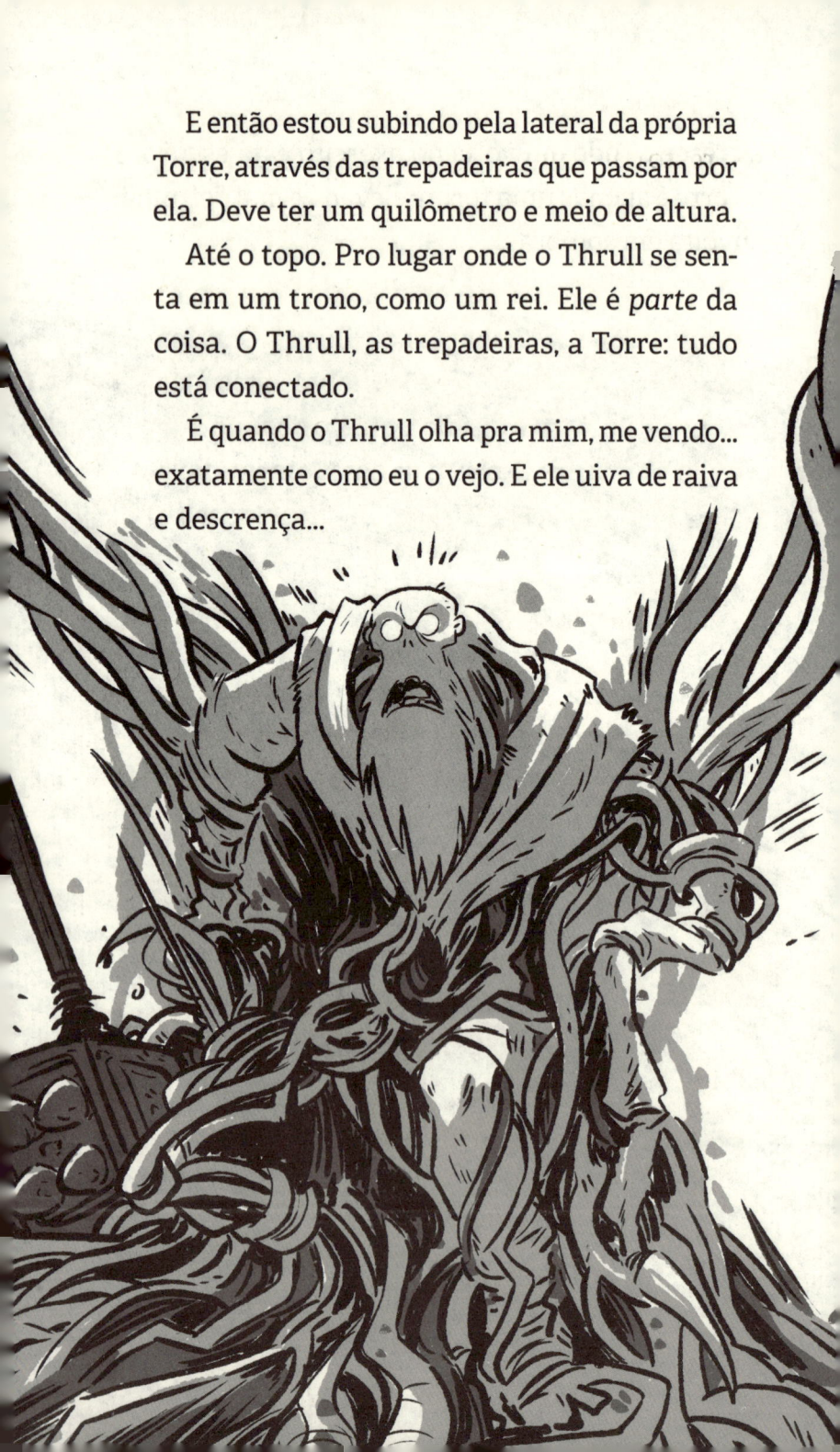

E então estou subindo pela lateral da própria Torre, através das trepadeiras que passam por ela. Deve ter um quilômetro e meio de altura.

Até o topo. Pro lugar onde o Thrull se senta em um trono, como um rei. Ele é *parte* da coisa. O Thrull, as trepadeiras, a Torre: tudo está conectado.

É quando o Thrull olha pra mim, me vendo... exatamente como eu o vejo. E ele uiva de raiva e descrença...

O olhar de puro choque e confusão que cruza o seu rosto deixa uma coisa clara: eu *não* deveria estar vendo isso. É um erro. Os seus olhos estão em chamas com uma fúria vermelha e brilhante.

A raiva praticamente irradia dele.

Os seus punhos batem no seu trono com tanta violência que o mundo inteiro parece recuar de dor. Ele se levanta, marchando na minha direção, prestes a...

KA-KRAAAAAAK!!!!!!!

TREPADEIRA CORTADA!

De repente, estou de volta ao Motel Entre Agora.

— June? O que aconteceu? — pergunto, ainda um pouco atordoado. Na verdade, *muito* atordoado.

— Eu te salvei... é o que aconteceu — ela responde. — Devo dizer que você é uma ótima donzela em perigo.

Os gritos do Thrull ainda ecoam no meu cérebro enquanto me ajoelho no chão, desorientado e tentando dar sentido a tudo o que acabei de ver.

— Venha, vamos! O BuumKart está ali! — A June agarra a minha mão e me puxa.

Momentos depois, eu desabo na parte de trás do BuumKart e ela liga o motor. Nós voamos pelo estacionamento e sobre o terreno rasgado.

— Cadê a Big Mama? — grito.

— Não muito longe — a June diz. — Os seus zumbis acabaram de chegar lá.

Olho para trás. Não vejo o Blargus. Mas sei que ele está vindo.

— Dirija mais rápido, June! Vai por mim!

Ela pisa no acelerador. O BuumKart vira uma esquina, então estamos acelerando no que parece ser uma cadeia de montanhas em miniatura. A June pisa mais fundo no pedal, e quando chegamos ao topo da encosta, eu percebo que é a borda da fenda que o Megalusco esculpiu na terra.

Grito à medida que descemos o barranco pra enorme ravina. E vejo a Big Mama: o nosso enorme veículo de viagem parece um carrinho Matchbox dentro do gigantesco canal deixado pelo rastro do monstro.

Jack, o que era aquilo?

Algo que achei que não veria de novo!

Capítulo Catorze

Momentos depois, o BuumKart desliza até parar, e a June e eu pulamos pro leito do canal. Rapidamente começamos a prender o BuumKart na traseira da Big Mama. O meu Esquadrão Zumbi voltou pro trailer.

— O que houve? — o Dirk grita, colocando a cabeça pra fora da Big Mama, cujo motor está ligado, pronto pra partir.

— Aonde você foi, Jack? — o Quint quer saber.

— Eu vi... uma coisa... É difícil explicar...

Os olhos do Quint se arregalam. Ele está olhando além de mim, para o cume. O Dirk também vê. A June gira. Eles levam um instante pra entender.

— Aquele esqueleto... — o Quint diz.

— Parece familiar... — o Dirk continua.

— Oh, não... — A June engasga. — Não pode ser...

— Mas é — afirmo. — O Blarg. Na verdade, agora é Blargus. Vocês sabem, o Blarg evoluindo e tal...

— Termina logo de conectar o Kart! — o Dirk ruge. — Temos que dar o fora!

O Quint corre pra cabine da Big Mama. A June joga uma corrente em torno do veículo. E eu olho pra trás a tempo de ver o Blargus deslizando pela parede do canal. Pedaços irregulares de rocha e solo correm pra baixo, levantando uma tempestade de terra.

RAAAAAAWWWR!!!!!

— Vocês terminaram ou não?! — o Dirk grita.

— Ainda não! — E empurro o BuumKart pra frente. — Espere até eu dizer: "Acionar, Chewie!".

Mas o Dirk deve ter ouvido apenas a última parte, porque a próxima coisa que eu sei é que o Quint está rugindo como um Wookiee no banco do passageiro, e a Big Mama, se afastando antes de a June e eu prendermos o BuumKart!

— Pula pra dentro! — eu comando.

A June obedece, e eu subo na parte de trás no segundo em que a Big Mama se afasta. A única coisa que conecta o nosso BuumKart à Big Mama é uma corrente de quase dois metros.

A Big Mama acelera pelo caminho aberto pelo Megalusco, rebocando a gente como uma daquelas boias presas atrás de uma lancha. E o Blargus está bem atrás de nós...

Eu, literalmente, acabei de fazer isso...

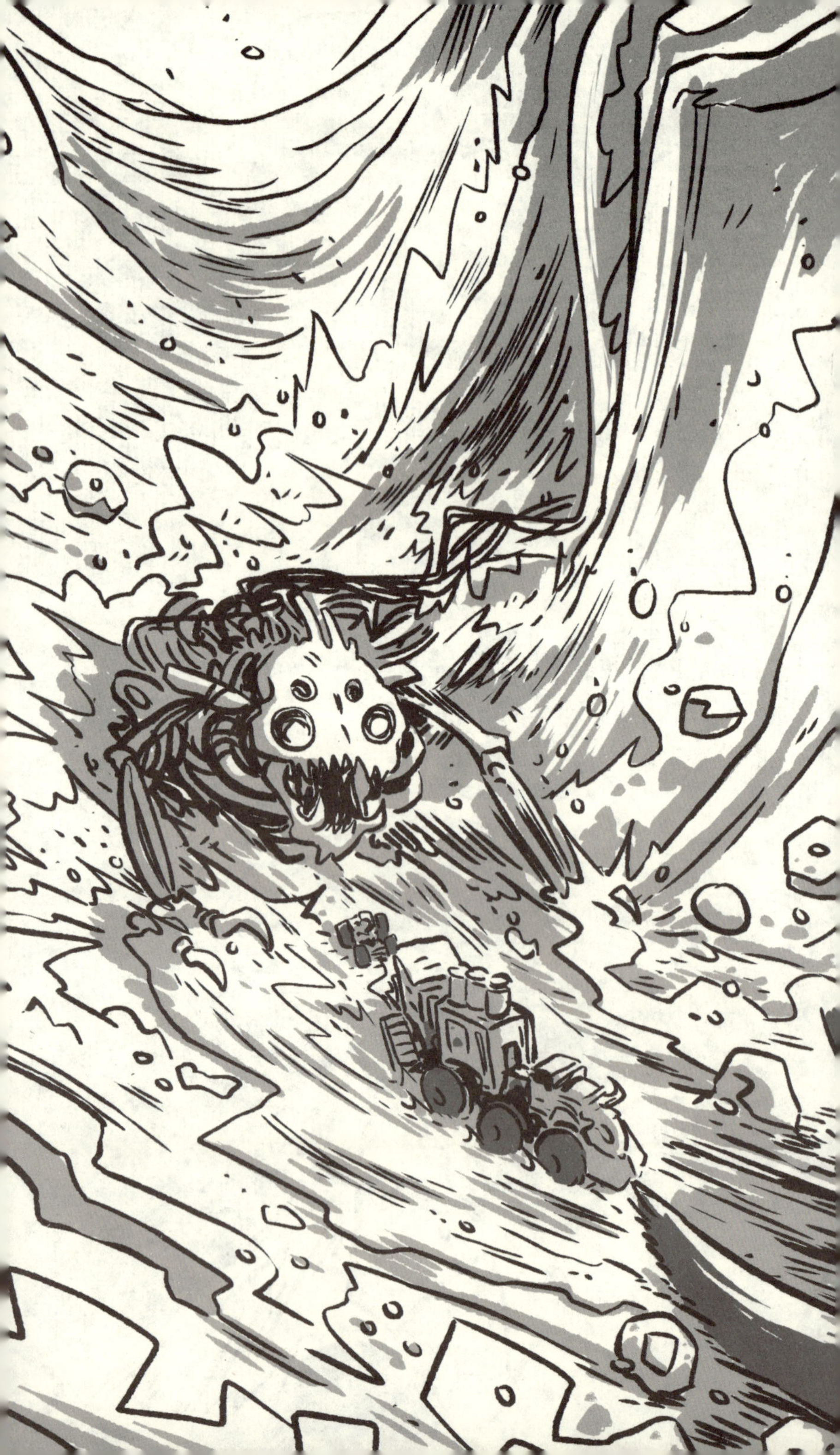

O Blargus ataca o BuumKart, mas a sua pata ossuda passa por cima das nossas cabeças, arrancando a porta do trailer zumbi. Fatias de metal cortam o ar. Lá dentro, vejo o Alfred piscar duas vezes, confuso.

O Quint, que de repente aparece na porta aberta do trailer, leva à boca as mãos em concha e grita:

— Mais notícias ruins! Estamos alcançando o Megalusco!

Bem nessa hora, o ar fica denso de poeira. Pedras voam pelo ar. O Megalusco está cortando a terra e jogando detritos em seu rastro.

— MANDA O DIRK DAR A VOLTA! — eu berro.

— NÃO DÁ! — o Quint berra de volta.

É quando o BuumKart gira, permitindo que vejamos além da Big Mama. As pernas do Megalusco estão se cravando no chão. É um shopping monstro moedor de carne, e largo demais pra passar.

— As paredes laterais são muito íngremes — a June fala, confirmando o meu pior medo. — Não podemos subir.

E atrás de nós está o grandalhão: BLARGUS.

É oficial. Estamos encurralados.

A Big Mama desvia, e um pouco de gosma-gosmenta cai sobre nós. A June aponta pro teto.

— Mais notícias ruins! Os tanques de gosma-gosmenta estão vazando!

Ao limpar o líquido fétido do rosto, tenho uma ideia...

Sem tempo a perder, balanço o Fatiador. A Esquerda, o Glurm e o Alfred aparecem na porta do trailer.

— Esquadrão! Pra cima dele! — eu ordeno, e deslizo o Fatiador pro lado.

Todos os três zumbis saltam do trailer pra atacar o Blargus!

YAAAAAAIIIEEEEYYYY!

O nosso BuumKart se aproxima da Big Mama, e o Dirk tira o pé do acelerador.

— Esta é a nossa chance! — A June aproveita o momento e pula do BuumKart, caindo com tudo na parte de trás do trailer zumbi. — Vamos, Jack!

Eu começo a escalar o BuumKart, mas aí...

KA-CHUNK! A Big Mama passa por cima de um obstáculo enorme, e eu sou catapultado pra cima. Estou voando em direção ao carro, mas nem perto de conseguir chegar a ele. É isso. Morte por BuumKart. Adeus, mundo cruel!

Porém...

Peguei!

A June me puxa pra cima, e nós caímos no chão assim que...

BLAM!

De repente, o Alfred passa por nós e se estabaca na parede.

O Blargus ruge, tentando se livrar da Esquerda e do Glurm.

— Os canhões de gosma-gosmenta! — O Quint corre na direção deles.

— Não vai funcionar! — afirmo, detendo-o, mesmo com o Blargus se aproximando. — A nossa gosma não conseguiu nem mesmo destruir aquelas trepadeiras lá atrás. Se há alguma esperança, é encharcá-lo de gosma-gosmenta da cabeça aos pés.

— Você não está sugerindo o que eu acho que você está sugerindo, né?

— Os tanques, Quint. Precisamos nos livrar deles. Bem aos pés do Blargus.

— NÓS PRECISAMOS DELES! — a June e o Quint gritam.

Eu grito de volta:

— Não seria o suficiente pra Torre, de qualquer maneira!

— Como você sabe? — June franze as sobrancelhas.

Mas antes que eu possa responder, o Blargus joga fora os outros dois zumbis, que caem com um baque duplo no nosso carro.

— Vocês vão ter que confiar em mim agora! — grito.

Nós três escalamos o teto da Big Mama, e eu convoco o meu Esquadrão Zumbi pra ajudar. O vento passa ao nosso redor, e a Big Mama pula e sacode enquanto acelera.

— Rápido! — eu rosno. — Antes de cairmos daqui!

Juntos, nós seis começamos a correr, e levantamos os três tanques de gosma-gosmenta. Posso senti-los ceder ao cair para trás.

Há um tremendo *CRASH* quando os tanques atingem o solo, batendo e ressoando.

A June e o Quint me encaram... ainda sem saber se era a jogada certa.

— June — digo —, dispare quando estiver pronta.

Ela ergue o braço, mira com a Arma, e...

FA-SHOOM!

Três foguetes de garrafa zarpam pelo ar.

O momento é perfeito. A mira é perfeita. Os tanques explodem em uma erupção épica de gosma-gosmenta.

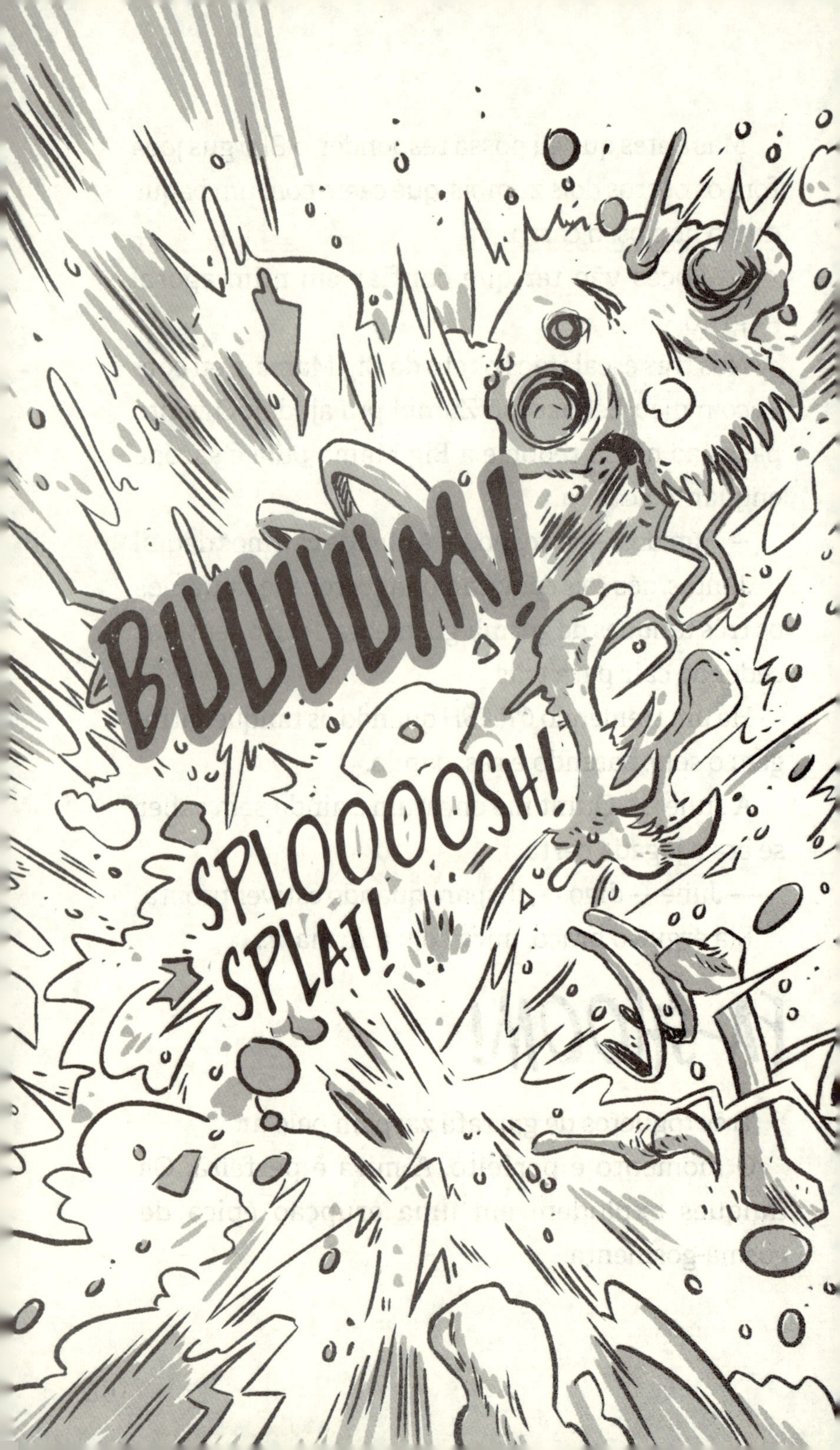
BUUUUM!
SPLOOOOSH!
SPLAT!

O Blargus explode. O seu crânio é lançado direto pelo ar, como um fogo de artifício com listras gosmentas.

Pedaços de osso e pedaços de trepadeira cobrem o chão na estrada atrás de nós.

Enquanto voltamos pra dentro, eu me pergunto: será que ele está acabado? Pra sempre? Espero que sim. Mas as trepadeiras, a sua conexão com os esqueletos... não tenho certeza de que vimos o Blargus pela última vez...

— O que aconteceu lá atrás? — o Dirk grita da frente.

O que aconteceu é simples: nós detonamos o cara mau, é isso aí.

Mas quando sinto que a Big Mama está acelerando, me dou conta de que não foi isso o que o Dirk quis dizer. Sem os tanques, a Big Mama ficou mais leve e, de repente, estamos acelerando em direção ao Megalusco.

— Desacelera! — o Quint grita de volta.

— Não posso! Os freios estão travados! — o Dirk responde.

Corremos desesperados pelo trailer. Quando entramos na cabine da Big Mama, vejo que avançamos em direção ao traseiro da centopeia.

— Me ajudem a virar esta coisa! — Dirk implora.

Todos nós agarramos o volante e puxamos com força. A Big Mama se inclina, quase tombando, enquanto cortamos para a direita e subimos a ravina a toda velocidade.

Navegamos sobre a borda antes de atingir o solo com um forte...

KAAAA-SMASSSHHHH!

Os pneus da Big Mama cantam à medida que avançamos.

O Dirk avisa:

— Todo o mundo se proteja!

O Quint coloca o cinto de segurança. A June e eu somos arremessados no chão, com a Big Mama sacudindo, balançando e depois saindo da estrada. O Dirk cai no chão, e vem rastejando na nossa direção ao estilo do exército, com as mãos sobre a cabeça, quando...

SMASH!

A Big Mama bate em um *outdoor*! O limpa-trilhos arrebenta o poste de metal! Paramos de uma vez. Há sons de metal raspando e cheiro de pneus queimados no ar.

— Todos estão bem? — o Dirk consegue dizer.

A June solta um gemido.

— Melhor do que o Blargus.

— Estou ótimo... — Quint afirma, mas a sua voz está abafada.

Ao me inclinar pra frente, vejo que o seu *air bag* inflou, e agora ele se encontra preso em algum tipo de competição de luta com ele... e está perdendo. Finalmente, ele alcança o seu cinto e abre o *air bag* com um POP.

Eu sorrio. Certo. Estamos vivos. E não estaríamos se não fosse pelo meu raciocínio rápido, que nos fez sacrificar a gosma-gosmenta.

Prendo a respiração e olho os meus amigos, pronto pra ser tratado como um herói...

Bem, isso não saiu como planejado.

*Você destruiu **toda** a nossa gosma-gosmenta!*

Íamos precisar dela pra acabar com a Torre do Thrull!

— Espera aí, pessoal. — Ergo as mãos. — Eu vi algo lá atrás. Quando toquei o Blargus e as trepadeiras. Foi como se eu estivesse paralisado... preso em um transe.

— Eu vi — a June confirma. — Foi meio assustador.

— Esses três tanques de gosma-gosmenta não seriam suficientes — afirmo. — Eu vi *a Torre. E todo o exército de esqueletos*. Ambos são maiores do que qualquer coisa que possamos imaginar.

A June e o Quint baixam a cabeça.

— Vou verificar os freios — o Dirk resmunga, saindo.

— Então, chegamos *perto* de descobrir onde o Thrull e a Torre estão, mas agora não temos como combatê-los? — A June suspira e, com raiva, bate a Arma no painel já totalmente amassado da Big Mama.

— Meus amigos — tento soar o mais tranquilizador que posso —, não se preocupem. A vida encontra um caminho.

— Isso não se aplica aqui! — o Quint retruca.

Eu encolho os ombros.

— Desculpem. O Alfred e eu assistimos a *Jurassic Park* alguns dias atrás. A fala do Goldblum tá grudada no meu cérebro.

— Ei, bobões! — o Dirk chama lá de fora. — Venham ver isso!

— Isso! Pelo menos encontramos o Posto Avançado! — a June diz, desfazendo um pouquinho da sua decepção com o Thrull, a Torre e a gosma-gosmenta.

Então, vamos fazer outras coisas enquanto o Quint e o Dirk consertam os freios. Felizmente, é apenas um remendo simples para estancar um vazamento... e logo estamos rodando de novo.

O Dirk pega a saída indicada e segue as placas. A Big Mama percorre uma cidade deserta. Vitrines quebradas parecem dentes de tubarão irregulares. Casas semidesabadas são envoltas em folhagem roxa brilhante.

Mais à frente, a distância, vemos luzes cintilantes.

Ficamos todos em silêncio enquanto continuamos... acho que todos estamos nos lembrando do aviso da Skaelka sobre o Posto Avançado. Mas alguém lá dentro sabe a localização da Torre, alguém chamado Ryķk. E não podemos destruir a Torre se não soubermos onde ela está. Esta é nossa única chance.

Uma enorme placa brilhante surge momentos depois e confirma.

Aqui estamos: *Chaz e Slammers*.

Capítulo Quinze

Estacionamos a Big Mama, e nos preparamos pro que está por vir. Aceno o Fatiador, e os meus zumbis saem vagarosamente do trailer.

— Posso precisar que vocês causem uma boa impressão nesse cara, o Rykk.

— Além disso — o Quint acrescenta —, podemos precisar da proteção...

Ele acena pra rua. Dois monstros discutem aos gritos.

E a discussão logo termina...

Resolução do Conflito no Posto Avançado.

CHOMP!

SLURP!

Não ligue pra nós!

Atravessamos o estacionamento em direção ao Chaz e Slammers.

Tento manter a cabeça baixa, não quero chamar atenção pra nós, mas não é fácil. É uma sobrecarga de atividades de monstros que eu *tenho* que olhar. Vejo um monstro mastigando um fio de luzes de Natal como se fosse um colar de doces. Outro, com um jato de líquido azul que expele pelo nariz, está escrevendo o seu nome na parede.

— Fascinante — o Quint comenta. — Gloriosamente fascinante.

— A história de uma vida — a June acrescenta.

Toda a atividade leva ao hub principal: Chaz e Slammers. Os monstros entram e saem da mega-arcada de quatro andares bem iluminada.

— Ok, pessoal — digo. — Hora de fazer cara de paisagem.

Dois monstros enormes guardam a entrada. Eles são como capangas contratados de um filme de gângster antigo, mas com chifres maiores.

AQUI JÁ TÁ BOM, ESCÓRIA.

ESSAS TRÊS COISAS NOJENTAS NÃO SÃO BEM-VINDAS AQUI.

Ei, eles não são nojentos! São apenas meus amigos!

O Brutamontes 1 rosna:

— Tô falando *deles*. — E aponta um machado pro meu Esquadrão Zumbi.

— Você tem que notificar sobre eles. Então nós os colocamos na caixa — o Brutamontes 2 informa. — Leia o aviso!

O que ele chama de aviso nada mais é do que uma placa de rua torta com um estranho papagaio empoleirado no topo.

ZUMBIS NÃO SÃO PERMITIDOS A PARTIR DAQUI!

MÃO ÚNICA

MAS ARMAS, TUDO BEM! QUANTO MAIS ARMAS, MELHOR!

— Ah, tá certo. — Eu direciono os meus zumbis pra uma daquelas gaiolas de treino de beisebol vazia.

O Alfred me olha com os olhos mais tristes que alguém já viu em um zumbi.

— Desculpe, pessoal... — digo. — Eu não faço as regras. E esses caras são assustadores.

— Você os receberá de volta quando sair — o Brutamontes 2 explica.

— *Se* você sair — acrescenta o Brutamontes 1, rindo.

— E recebo, tipo, um comprovante pra pegar de volta os meus zumbis?

Os Brutamontes grunhem. Acho que é um não.

Atrás deles, as portas do Chaz e Slammers se abrem. Eu olho pra June, pro Quint e pro Dirk. Parece que todos engolimos em seco ao mesmo tempo. *Aqui vamos nós...*

Entrar é uma sobrecarga sensorial total. Depois de viver tanto tempo com o mínimo de eletricidade, isso é como a Times Square. Há luzes piscando em todos os cantos.

Vários barulhos eletrônicos explodem ao nosso redor como uma orquestra sinfônica de videogame: John Williams tocando os clássicos!

— Tanta eletricidade! — o Quint sussurra, impressionado.

— Como eles fazem isso? — eu gostaria de saber.

O Dirk me cutuca e acena com a cabeça. Algumas gaiolas deformadas pendem do teto, e dentro, alguns monstros dormem. As suas caudas zumbem com eletricidade.

— Pequenos monstros geradores — o Quint observa. — As suas caudas devem alimentar todo o lugar. Engenhoso...

E o lugar é GRANDE. Quatro andares de diversão enlouquecida.

É uma multidão de monstros: todas as formas, tamanhos e cheiros. Alguns escorregam, alguns caminham, alguns balançam nas grades e nos fios. Uma grande gota de gelatina rosa escorre por nós, deixando um rastro de lama borbulhante. Ele conversa com outro monstro que me lembra uma mosca do tamanho de uma bola de basquete.

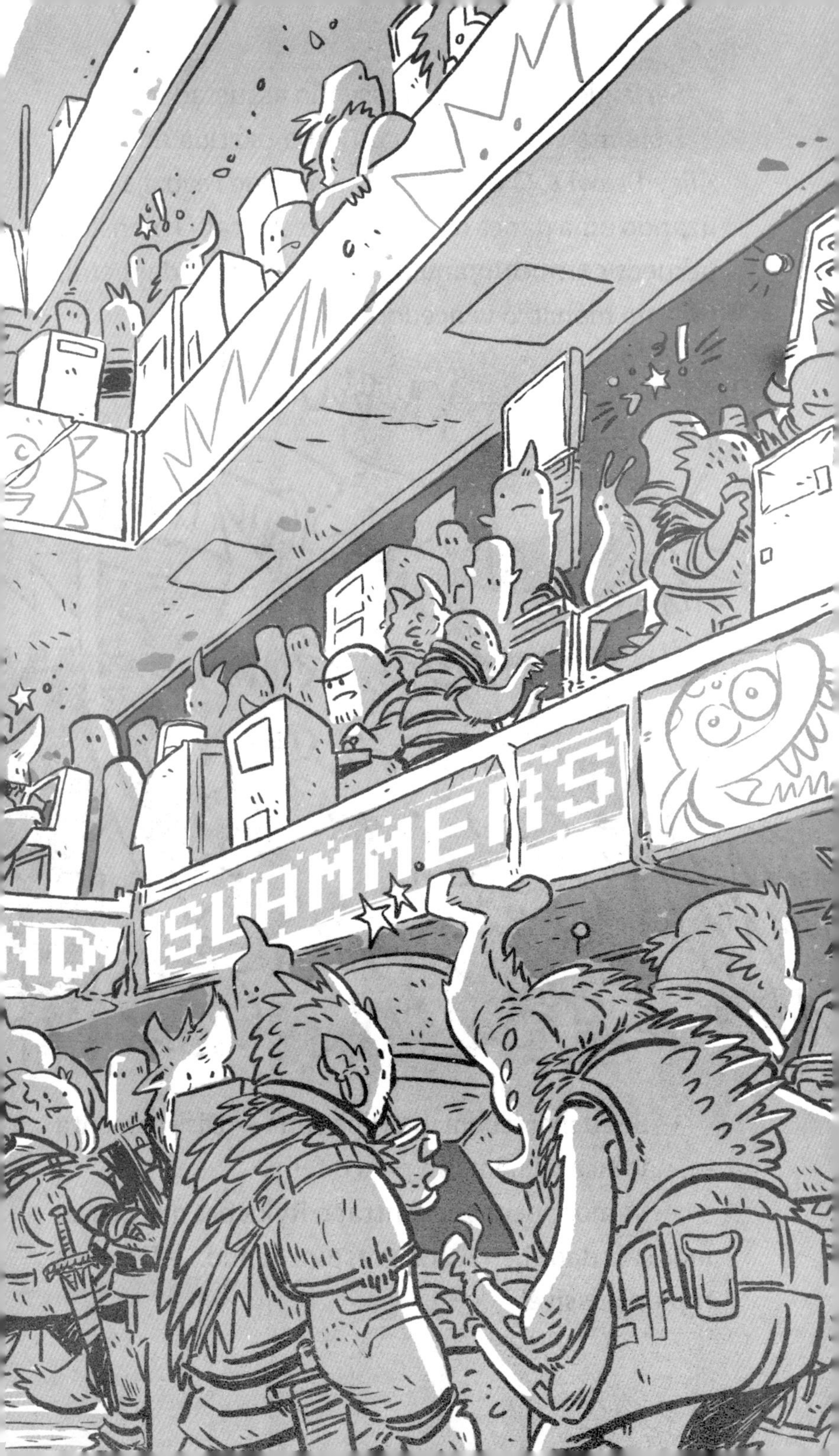
SLAMMERS

Seria glorioso se não fosse tão assustador.

Dois monstros terminam uma partida do game *Alley Brawl 8*. O monstro vencedor se regozija, realizando uma dança da vitória em espiral. O monstro perdedor tira calmamente uma varinha de metal, toca no monstro vencedor e...

— Se eu morrer em um fliperama — Dirk comenta —, não ficarei nem um pouco feliz.

— Vamos apenas encontrar o Rykk pra que possamos sair daqui. — A June respira fundo. — E *o mais rápido possível*.

— Literalmente, qualquer um desses monstros poderia ser o Ryḳk — o Quint sugere. — Não temos ideia de como ele é.

Vejo um longo balcão de serviço no centro da sala de jogo. Monstros estão sentados ao redor dele, bebendo bebidas bizarras. Um monstro derrama a sua bebida em um buraco perto do joelho.

— Vamos tentar o cara atrás do balcão. — O Dirk indica com um gesto de cabeça. — O cara atrás do balcão *sempre* tem as respostas.

O barman é uma massa pegajosa de monstro. Dezenas de braços tentáculos estão servindo várias bebidas e tônicos. Ele não tem rosto, mas eu continuo com a impressão de que ele não é amigável.

Encontramos alguns bancos livres e nos sentamos. Antes mesmo de dizermos uma palavra, o barman desliza quatro bebidas em canecas de caveira na nossa direção.

— Vocês acham que teremos que pagar se não bebermos? — o Quint pergunta.

— O que você quer dizer com não bebermos?

Nós nos viramos. O copo do Dirk está vazio, e ele tem um bigode laranja espumoso.

— Sério, cara? — pergunto.

O Dirk encolhe os ombros.

— Eu estava com sede.

— O seu bigodinho está fumegando. — A June aponta.

O Dirk diz:

— Sim, e ele queima também...

Só então, o garçom gosma desliza até nós. Eu logo tento me lembrar de todos os filmes que já vi, nos quais um cara durão tem que obter respostas difíceis pra perguntas complicadas. Estou prestes a apertar o barman, ou pelo menos tentar, quando...

Ei, grandão. Tenho uma pergunta.

— Desculpe, garota, não posso te ajudar — o monstro balbucia, embora nenhuma boca esteja visível. — Só respondo perguntas pra monstros que conheço.

A June usa a sua mão que tem a Arma pra pegar a bebida. O movimento parece casual, mas é tudo, menos casual: um segundo depois, ela "sem querer" dispara um zip-dardo. Ele não acerta o monstro gosma e bate em uma garrafa de mostarda, prendendo-a na parede com um *THWACK*!

— Ops! — a June diz. — Que ridículo! Esta coisa age sozinha. Você poderia me passar um guardanapo? — ela pergunta ao barman gosma, estendendo a mão de modo que a Arma agora esteja apontando direto pro meio do monstro.

O barman exala um suspiro nervoso.

— Qual é a pergunta? — ele balbucia com relutância.

— Procuramos um velho amigo nosso. Você deve ter ouvido falar dele. Seu nome é *Ryḳk*...

Há um suspiro coletivo. Alguns monstros largam os seus drinques, e o som de canecas de caveira quebrando no chão ecoa no silêncio que se segue.

Todos os olhos se voltam pra nós.

O barman ri, incrédulo.

— Vocês, bolas de carne, são amigos do Ryḳk, é? E como o conhecem?

A June gagueja.

— Oh, hã, do...

— ... treino de futebol! — exclamo.

A June me olha feio. Eu encolho os ombros. Atrás de mim, ouço o Dirk murmurar:

— Vamos morrer...

O monstro barman dá risada. Pelo menos eu acho que é uma risada. Pode ser um espirro, não sei dizer.

— Ah, o Ryķk vai gostar disso — ele afirma, e aí aponta pra escada. — Último andar. Divirtam-se...

De repente, um grito horripilante vem de cima. O barman ergue os olhos, ri de novo e desliza pra tornar a encher um copo de bebida.

Nenhum de nós está ansioso pra subir lá, mas a June nos estimula a seguir em frente.

— Viemos aqui pra obter respostas — ela nos lembra. — E não iremos embora sem elas.

Subimos as escadas. Os andares dois e três estão fervilhando de ação. Um monstro bate com o corpo em uma mesa de *air hockey*. Máquinas de *pinball* são lançadas como *frisbees*.

Mas o último andar é diferente.

É mais silencioso. A maioria das máquinas de jogos foi reorganizada pra formar uma barricada, criando uma seção secreta privada na parte de trás.

E tem uma monstra de guarda. Ela tem chifres curvilíneos e um bico afiado em forma de lâmina, como um pica-pau que inflige dor. E segura uma espada que diz: *Estou falando sério.*

> Viemos falar com o Rykk.

> Eu adorei a sua espada.

> Estou falando sério...

A guarda olha pra June.

— Ninguém fala com Ryķk sem um convite. Agora, saiam desta área ou serei forçada a fazê-los virar mortos. E, olha, estou cansada de fazer criaturas morrerem. Foi divertido no início, mas depois de um tempo torna-se trivial...

A June puxa o espinho da cauda da Skaelka da sua pochete.

— Aqui está o nosso convite.

A guarda olha pro espinho da Skaelka. O seu bico se contrai.

E ela abaixa a enorme espada.

— Por aqui...

Capítulo Dezesseis

Seguimos a guarda por um corredor improvisado de máquinas de fliperama.

Finalmente, estamos cara a cara com um monstro viscoso. Diante dele, uma estranha espécie de mesa, que mais ou menos se assemelha a uma pilha de gelatina.

Há prateleiras por todo o seu covil, cheias de todos os tipos de bugigangas bizarras.

— Coleção bacana — o Quint comenta.

Esse cara é definitivamente o Rykk.

Ele tem uma aura de perigo, poder e violência. Em parte porque é enorme e tem uma aparência horrível; em parte por causa do que ele está fazendo com o roedor do tamanho de uma bola de *softball* nas suas mãos.

A guarda sussurra algo no ouvido do Ryķk.
Ele se vira pra nós com olhos ameaçadores.
— Vocês me trouxeram algo?

— S-sim, caro, hum... O Mais Sombrio. — A June joga o espinho da cauda da Skaelka pra ele.

O Ryķk o examina.

— É pra sua, hã, coleção... — a June prossegue. — Só precisamos falar com você...

Ele pensa por um segundo. Em seguida, coloca o espinho em uma prateleira às suas costas.

— O seu tempo acaba quando eu terminar a minha refeição.

Ninguém fala. Todos nós estamos confusos com tanta coisa à nossa volta, então...

PLINK! O Ryķk arranca um fio de pelo do roedor, depois o engole. É como assistir a um bebê comer espaguete.

— Não sobraram muitos fios de pelo — o Ryķk diz. — Eu teria pressa, se fosse vocês.

— Estamos tentando encontrar a Torre do Thrull — a June fala rapidamente.

O Ryķk casualmente arranca e engole outro pelo.

— E por que você quer essa informação?

— Não é da sua conta — respondo.

— É DA MINHA CONTA, SIM! — ele ruge. Sua voz explode tão alto que todos nós estremecemos. — Qualquer coisa neste Posto Avançado é da conta do Ryķk! Olhe à sua volta. Você vê alguma conta? Se vir, essa é uma conta que pertence a mim. Agora, responda: por que motivo vocês buscam essas informações?

— Porque o Thrull vem usando a Torre pra trazer o R̹eżżőcħ pra esta dimensão. — A June enxuga o suor das mãos no jeans. — O R̹eżżőcħ vai destruir tudo.

— Sendo assim, se você pudesse nos dizer onde fica a Torre, seria ótimo — eu interrompo. — Se tiver um endereço, ou mesmo uma região mais geral... Perto de que ruas? O posto de gasolina mais próximo. Só isso, e nós partimos...

PLINK! PLINK! Mais dois fios de pelo são arrancados e engolidos. Depois de um momento, o Ry̧ķk diz:

— Partir... Vocês não vão partir... nem conseguir o que querem. O Thrull é um aliado. Não direi onde ele está... muito menos pra ajudar os humanos.

— Mas o Thrull vai trazer o R̹eżżőcħ aqui! — a June repete. — E o R̹eżżőcħ só quer destruir este mundo e governar sobre as cinzas! Se o Thrull completar a Torre, você perderá tudo!

Dou um passo lento e pesado pra frente. E muito dramaticamente, digo talvez a coisa mais ridícula que já disse na vida.

— O reino de Chaz e Slammers cairá...

Por um momento, o sorriso monstruoso do Ry̧ķk vacila.

— Vocês têm um argumento convincente — ele finalmente admite.

A June exala um pequeno suspiro de alívio. Todos nós fazemos o mesmo.

— No entanto... vocês não me ofereceram nada em troca dessa *informação*. — O Ryķk aperta o roedor, baixa a outra mão, junta o resto dos pelos nos seus dedos longos e, em seguida, com um puxão forte e agressivo, arranca-os.

Em seguida, enfia o punhado gordo de pelos na boca e continua, sem se importar em engolir.

— E parece que o seu tempo acabou. A resposta é *não*.

O Ryķk aponta pra guarda bicuda atrás de nós.

— Alimente o Grizkurl com os humanos. Inteiros ou em pedaços, eu não dou a mínima.

— Ei! — grito. — Que negócio é esse?! Nós te demos algo, aquele espinho de cauda superlegal!

O Ryķk dá risada. Um pelo de roedor emaranhado balança no seu lábio inferior e pula à medida que ele fala:

— Foi um presente pelo privilégio de falar comigo. Nada mais. Adeus.

A guarda ergue a sua enorme espada.

— *ESPEREM!* — torno a gritar.

O covil do Ryķk fica em silêncio. Todo mundo espera pra ver o que eu direi. O problema é que, na verdade, não tenho nada a dizer. Eu rapidamente jogo os braços em volta dos meus amigos e me viro.

— Certo, reunião — eu sussurro. — Qual é o plano?

— Sei lá! — o Dirk rosna. — Foi você quem gritou "esperem" como se tivesse uma ideia!

— Certo, certo — respondo. — Tá, muito rápido, vamos ao que pensei. Três ideias...

Os meus amigos apenas franzem a testa.

O Ryķk bate na mesa. A guarda prepara a sua espada, prestes a nos golpear. Eu ergo o Fatiador, pronto pra defender os meus amigos até a morte.

— Peraí! — o Ryķk comanda.

A espada da guarda para no ar.

O Ryķk, que está olhando pra mim, se inclina pra frente. O roedor agora careca vê a sua oportunidade, salta rapidamente pro chão e desliza atrás de uma máquina de fliperama. Um momento depois, ele espreita pra fora do esconderijo, como se quisesse ver o que acontecerá a seguir.

O Ryķk fareja o ar. É quando eu percebo... Não é pra mim que ele olha, mas pro Fatiador.

— Ah! — ele diz. — Isso seria uma boa adição à minha coleção!

— Você quer dizer... o Fatiador? — pergunto.

O Ryķk concorda com a cabeça.

Estou prestes a dizer, *esqueça. Sem chance. É o meu bem precioso. Vai sonhando, seu esquisitão comedor de pelos*. Mas então...

Olho pra minha arma. Ou como eu a chamei antes, quando foi roubada: *meu sabre de luz*. Ele tem sido o meu companheiro constante durante o apocalipse. O Bardo *morreu* pra manter o seu poder de controle de zumbis longe das mãos do Thrull.

E quando penso nisso, especialmente na última parte, fica óbvio o que devo fazer...

— Jack... — O Quint engasga.

Porém, ele não tenta me convencer do contrário. Porque sabe o que eu sei: temos que fazer *o que for preciso* pra obter as informações necessárias.

— Mas ainda não, Rykk — eu continuo. — Primeiro, tenho de derrotar o Thrull. Você só fica com ele *depois* que a minha missão for concluída.

> VOCÊ SABE QUE, SE NÃO O ENTREGAR, SERÁ A CRIATURA MAIS PROCURADA DESTA DIMENSÃO.

> A RECOMPENSA PELA SUA CABEÇA SERÁ TÃO ALTA QUE...

> Sim, sim, certo, entendi.

> Não se preocupe. Sempre cumpro as minhas promessas.

> Recompensa enorme.

Sinto uma mão no meu ombro e olho pra trás. É o Dirk. Ele me dá um aperto de ombro gentil, mas firme, de "bom trabalho, mano".

— E agora é a minha parte na barganha — o Ryķk fala. — A localização da Torre...

Há um longo silêncio, e aí...

A mesa de gelatina do Ryḳk começa a balançar. Os cubos rolam pra frente, e eu rapidamente salto pra trás quando eles caem no chão. Eles começam a se expandir, se transformando e mudando, tomando forma.

Eu vi a Torre... mas apenas como uma coisa vaga, de sonho e sombria. O material gelatinoso está formando algo específico. Então, com horror repentino, todos nós percebemos o que ele está criando.

— A Estátua da Liberdade? — A June engasga.

De repente, sinto que vou vomitar. A Torre do Thrull *não pode* estar na Estátua da Liberdade. Existem sobreviventes humanos lá.

O que significa, se realmente estiver lá, que...

— O que aconteceu com todos os sobreviventes? — a June sussurra suavemente.

Capítulo Dezessete

— Hã, posso falar com vocês em particular? — sussurro, jogando um sorriso vencedor pro Ryķk, então arrasto os meus amigos pra longe.

— Cara — o Dirk se adianta —, o que você...

— Não podemos ir pra Torre ainda.

A June e o Quint me olham como se eu tivesse um tentáculo de polvo monstruoso no lugar da mão.

— Como é?! — A June arregala os olhos. — Cada segundo que perdemos é mais um segundo em que os meus pais podem estar em perigo!

— Você sabe tão bem quanto eu — eu explico — que a gosma-gosmenta não é forte o suficiente. Não pra Torre. Nem mesmo perto de ser suficiente.

A June faz uma carranca. Acho que ela está prestes a começar a dar o seu próximo argumento quando, felizmente, o Ryķk interrompe:

— Gosma-gosmenta?

— Uma criação minha! — O Quint se vira. Ele está tão orgulhoso que corre pro Ryķk. Medo zero. Ele explica o que é, o que faz com as trepadeiras do Thrull e como a criou. Chega até a pegar um frasquinho pra mostrar.

O Ryķk enfia a mão em um balde de lanche, procura por outro roedor bola de pelo, encontra um e o arremessa em um monstro próximo que joga Pac-Man.

— Werbert!

O Werbert ergue o olhar da máquina, percebe que o seu chefe está à sua espera e rapidamente se aproxima. O seu cheiro é ainda pior do que a sua aparência.

— Você! — o Ryķk rosna, apontando pro Quint. — Mostre ao Werbert essa sua gosma-gosmenta.

O Werbert estende um braço longo e semelhante a uma cobra. O Quint derrama um pouco na palma da mão do monstro, que estremece com a substância fria.

— Oooh! — o Werbert sussurra, passando um dedo minúsculo pela gosma pegajosa. — Fascinante.

E, de repente, o Werbert começa a vomitar. É o vômito mais alto que já ouvi. Ele tosse e chia até expelir, de algum lugar no fundo do seu corpo, um pequeno frasco.

— Eca! — o Dirk murmura.

Dentro do jarro está uma trepadeira cortada. O Werbert derrama um pouco da gosma-gosmenta do Quint na jarra. A trepadeira se contorce e chia, mas permanece intacta.

> No passado, a minha gosma-gosmenta destruía as trepadeiras.

> Mas recentemente ela não se mostrou mais tão efetiva...

> É PORQUE AS TREPADEIRAS FICARAM MAIS FORTES! CADA DIA MAIS! A SUA "GOSMA-GOSMENTA" NÃO É MAIS FORTE O SUFICIENTE.

— Mas observem... — o Werbert diz.

Nós recuamos enquanto o monstro verme vomita mais uma vez, agora tossindo uma bola de gosma. Parece a gosma-gosmenta, só que é mais espessa e mais brilhante; na verdade, ela brilha como um neon que é difícil de olhar diretamente.

— Eu chamo isso de Ğhṛužğhữt Spit — o Werbert conta. — Na sua língua, é algo como "GOSMA ORGÂNICA, ULTRAPOTENTE E TOTALMENTE NATURAL".

— É como uma *Ultragosma* — o Quint diz, baixinho, olhando para as coisas com admiração.

— Aaah, orgânica? Aposto que eles cobram o dobro por isso — comento.

O Werbert derrama apenas uma gota na jarra. A trepadeira borbulha na hora, chia e então derrete. Tudo o que resta é uma pasta marrom e cinzas.

— Posso provar um pouco? — o Dirk pergunta.

Todos nós olhamos pra ele boquiabertos, e as suas bochechas ficam rosadas.

— Sabe, só pra comparar com o nosso... — ele diz. — Eu tenho um estômago de ferro. Vem do meu pai, que era um testador de veneno pro exército. Lá, ele era chamado de Selvagem do Estômago de Aço.

— Antes de ele ser um Guerreiro Universal? — Arqueio uma sobrancelha.

O Dirk encolhe os ombros.

— A linha do tempo dele nunca foi muito clara.

— Foco, rapazes. — A June se vira pro Werbert. — Diga onde podemos conseguir, tipo, muito dessa tal Ultragosma!

O Werbert dá uma gargalhada.

— Vocês morreriam tentando conseguir.

— É a única maneira que conheço de tentar — afirmo, porque digo coisas maneiras e não maneiras como essa.

O Werbert me ignora e se aproxima da June.

— A criatura que secreta isso... a *Ultragosma*, segundo você, mora na Grande Vila Molhada. Mas vocês devem se aproximar com extrema cautela, pois...

— Grande Vila Molhada? — interrompo.

— É um pouco depois do Grande Doce Redondo — Werbert solta, respingando em meus sapatos com baba.

— Como é que é? — A June franze a testa.

— Esperem! Acho que sei do que ele está falando! — Entusiasmado, o Dirk pega o nosso mapa.

Aqui! É o Maior Donut do Mundo!
E como vamos saber o que é a Grande Vila Molhada?
AH, VOCÊS SABERÃO.

A June sorri, dá um passo na direção do Ryķk e diz a ele:

— Já que estamos te prometendo a arma mais poderosa que existe, também queremos sua Ultragosma. É justo.

— Parece muito justo! — o Quint se intromete.

Ryķk faz um ruído gutural de choque e surpresa.

— Como você se ATREVE a falar comigo desse jeito?! — ele explode, se levantando de repente, e todos nós recuamos. A sua voz sai tão forte, com tanta energia, que algumas poucas máquinas de fliperama ganham vida. Moedas saem de uma delas. — *Eu* comando o show aqui, não VOCÊ!

— Ei, com todo o respeito, cara, se você realmente quer esta coisa — eu digo, tocando o Fatiador —, é do seu interesse nos ajudar.

Há uma longa pausa enquanto o Ryķk considera aquilo.

— Werbert — ele finalmente diz —, entregue a sua Ultragosma restante.

Eu desvio o olhar. Não há necessidade de ver mais vômitos. Mas ouço sons úmidos e pegajosos e um grito animado do Quint, enquanto o Werbert produz mais frascos.

— Não se esqueça... — O Ryķk paira ameaçadoramente sobre mim. — Assim que o Thrull for derrotado, a arma será *minha*. Não cumpra com a sua palavra e eu juro que você vai desejar ter morrido lutando contra o Thrull...

— Sim, claro — respondo. — É bom fazer negócios com você. A gente encontra a saída sem ajuda, pode deixar.

Minutos depois, estamos de volta ao estacionamento, e fico imaginado por que cada coisinha tem que ser *tão absurdamente complicada*.

Assim que consigo os meus zumbis de volta, todos nós caminhamos rapidamente pra Big Mama.

— *Não acredito* que não podemos ir direto pra Torre. — A June chuta uma pedra na calçada.

— Mas pelo menos sabemos onde ela está. E também de qual ferramenta precisamos pra lutar contra o Thrull. — O Quint chacoalha a cabeça. — Mas sim, é frustrante.

— Está *muito* mais longe do nosso caminho — a June lembra, com raiva. — Levará *semanas* pra chegarmos à Torre do Thrull! E se os nossos pais estiverem lá, eles não devem ter muito tempo...

Eu a encaro.

Ela franze a testa e dá de ombros.

Eu entendo. A June quer enfrentar o Thrull imediatamente. Se dependesse dela, estaria dando um soco no nariz dele neste exato segundo. Mas ela sabe que se formos lá agora, *vamos perder*. E se perdermos, tudo estará perdido...

— Parece que este é apenas o começo da nossa jornada — digo.

A June faz um juramento:

— Quando conseguirmos a Ultragosma, vou transformar o Thrull em uma geleia fresca que monstros espalharão na sua torrada matinal.

— Tá. — Em seguida, o Dirk aponta dramaticamente. — Agora, avante pro Donut Gigante!

E apesar de como as coisas parecem ruins, eu abro um sorriso ao entrarmos na Big Mama.

Capítulo Dezoito

O relógio está correndo agora.

Temos que nos apressar.

Nós todos sabemos disso.

Mas, ao mesmo tempo, tudo o que aconteceu foi *muito duro*. E já está pesando sobre nós. Todo o mundo está nervoso. Cada pequena bobagem tem o potencial de nos fazer *explodir*.

Tipo, sete minutos atrás: esta foi a cena dentro da Big Mama...

Não dá pra mastigar mais alto, não?

Palácio do Gambá, próxima saída...

Ei, Quint, sabe o que seria legal?

Claro!

LER CADA PLACA QUE VOCÊ VÊ!

Se vai te deixar feliz.

EM VOZ ALTA!

CHOMP. CHOMP.

Como eu disse, estamos no limite. O clima está pesado.

Mas só vai *piorar*. Portanto, devemos nos concentrar no que tem funcionado: aproveitar as boas e velhas diversões da viagem. Se não fizermos isso, todos nós vamos desmoronar.

E não conseguiremos deter o Thrull se desmoronarmos.

É nisso que estou pensando quando a June diz:

— Jack, você poderia *não* chupar a calda de chocolate dos seus dedos enquanto lê a nossa coleção compartilhada de romances de mistério estrelados por heroínas heroicas?

Eu abaixo a nossa cópia de *Assassinato Por Escrito: Temporada 3, Episódio 2: A Novelização*.

— Desculpe. Sou naturalmente bom em fazer duas coisas ao mesmo tempo.

A June revira os olhos.

— Ah, sério? — ela ironiza. — Como quando você tentou nos mostrar como podia andar e mascar chiclete ao mesmo tempo e, em vez disso, tropeçou e engasgou ao mesmo tempo?

— Ei, ei, ei! Ainda fiz duas coisas ao mesmo tempo, não foi?

E é então que me ocorre um plano:

— PASSEIO ACELERADO!

Os meus amigos, juntos:

— Hã?

— Veja *tudo*! Veja *rápido*! Tire fotos com *filme instantâneo*!

Mais uma vez, os meus amigos dizem juntos:

— Hã?

— É o seguinte: estamos com pressa de chegar aonde estamos indo por causa de, vocês sabem, o Thrull trazendo o R̵eżżőcħ aqui pra tomar as nossas casas e talvez nos morder.

O Quint concorda com a cabeça.

— Correto.

Eu continuo:

— Mas, ao mesmo tempo, ainda temos a viagem do Dirk! E precisamos cuidar das nossas cabeças. Temos que nos *divertir*! Então...

— Passeio acelerado... — a June complementa, balançando a cabeça. — Entendi. Vemos as coisas *muito rápido*. E faremos isso até chegarmos à Grande Vila Molhada.

— Isso! Dirigimos direto pra lá, em uma rota direta, mas sempre que *precisarmos* parar pra alguma coisa, tiramos o melhor proveito disso! E nunca gastamos um segundo a mais do que o necessário pra chegar a qualquer lugar. Dessa forma, somos produtivos, nos divertimos, mas não perdendo um tempo precioso! Vocês topam?

Todos sorriem. Eles topam...

Usando o Fatiador, consigo fazer os zumbis abastecerem o carro. O Glurm parece ser o melhor nisso.

Então, sempre que precisamos abastecer, paramos em algum lugar legal e todos nós conseguimos aproveitar as paisagens.

E, olha, as paisagens são bem *estranhas*...

Quanto mais perto chegamos do nosso destino, mais estranho o mundo se torna. E isso...

SCREEEECH!

Sou jogado pra frente! A Big Mama para! Sinto cheiro de borracha queimada.

— DESCULPEM! — o Dirk diz. — Culpa minha, culpa minha. Não vi aquela placa de travessia de cervos.

Mas não são cervos. Embora sejam lentos...

> Há quanto tempo estamos aqui?

> Cinco.

> Horas.

> VAMOS ACELERAR! VAMOS! VAMOS!

Sim, as coisas estão definitivamente ficando mais estranhas agora. E isso significa que precisamos chegar à Grande Vila Molhada o mais rápido possível.

E nós vamos.

Estamos chegando perto.

Estamos percorrendo rapidamente o nosso caminho até lá.

E fora de Garfield City, passamos por baixo de duas estátuas de pedra imponentes, esculpidas pra se parecerem com as antigas lendas do Velho Oeste. Temos a impressão de que estão nos dando as boas-vindas.

E talvez estejam.

Porque, duas rodovias depois, o Quint de repente grita do assento do motorista:

— Pessoal! É melhor vocês verem isso!

Corremos pra frente e olhamos pela janela, pasmos.

A Big Mama segue devagar até parar.

O Dirk abre a porta e sai. Todos nós o seguimos. O nosso caminho, pra onde precisamos ir... parece um pouco perigoso...

> Bom, isso não parece muito convidativo...

> Não mesmo.

> Mas não acho que tenhamos opção!

Capítulo Dezenove

— A June tá certa, amigo — diz o Quint. — Podemos não ter escolha. Este é o único caminho sem perder dias, talvez semanas.

Mas ainda não tenho certeza sobre isso. Não pode ser uma coincidência que, tipo, o *mundo* inteiro tenha sido esculpido e organizado pra nos trazer direto aqui.

— Nós poderíamos voltar. Encontrar estradas secundárias que deem a volta nisso — eu digo. — Ou talvez, tipo, *estradas subterrâneas*.

— Túneis — a June corrige. — São chamados de túneis.

O Quint sussurra:

— Jack, se você acha *mesmo* que é a coisa errada a fazer, podemos voltar.

Sei muito a importância do que nos espera, mas isso não significa que eu queira ir. Não posso deixar o medo guiar essa decisão.

Engulo em seco.

— Tudo bem. Tô dentro. Dirk, acelera aí.

Ele pisa no acelerador, e a Big Mama dá um pulo pra frente. Seguimos estrondosamente pelo caminho longo e estranho. Logo avistamos um prédio escuro e sinistro.

— Peraí! Eu conheço esse lugar! — o Dirk se empolga. — É o Museu de Histórias e Antiguidades Antigas! Isso estava na lista de viagens do meu pai. O que é esquisito... ele não era um cara de museu.

— Ele era mais um cara da lojinha de presentes, certo? — pergunto.

— Hã? — o Dirk murmura.

— Desculpe, esquece, continue.

— Eu simplesmente não consigo pensar em um motivo pra ele querer vir aqui. — O Dirk balança a cabeça.

Eu bufo.

— Não me diga...

A Big Mama avança ruidosamente. As trepadeiras se aglomeram ao redor do museu em ambos os lados, e o caminho para na entrada. Quanto mais nos aproximamos, mais desconfortável eu me sinto... até que uma sensação de pavor quase toma conta de mim.

A Big Mama sobe os degraus maciços em direção à entrada principal, flanqueada por colunas enormes.

O meu estômago dói.

O Dirk muda de marcha e nos conduz pra frente. O carro abre as portas enormes. E assim, vamos avançando, entrando no museu.

Por dentro, o lugar é enorme, com pé-direito alto e piso de mármore. Passamos por uma bilheteria na entrada, e só consigo ver a chapelaria atrás da parede oposta.

O Dirk nos faz avançar lentamente, mas então...

KA-SLAM!

Algo explode atrás de nós. Ponho a cabeça pra fora da janela, bem a tempo de ver uma enorme escultura de um cara pálido tombando. Ela se quebra e bloqueia a entrada da frente.

— Bem, acho que não há mais volta agora. — O Dirk suspira.

— A única saída — a June complementa — é atravessar o museu...

— Se isso não parecia uma armadilha antes... — murmuro.

Em condições normais, este seria o momento em que o Quint ficaria todo animado por ter um museu inteiro só pra si, mas ainda não me deixaria tocar nas coisas com placas de *não toque*.

Porém, o Quint está quieto. Todos nós estamos.

A Big Mama vai avançando e produzindo um barulhão. Estamos passando pela lojinha de presentes... e parece uma boa loja de presentes, mas eu nem mesmo *considero* entrar. Embora eu me incline pra pegar um *display* do Space Ice Cream, usando os sugadores pegajosos da minha Mão Cósmica para prendê-lo facilmente. Eu o trago pra Big Mama, e as embalagens se espalham pelo chão.

Todos nós abrimos os invólucros quando o Dirk vira em um corredor. A comida parece nos acalmar um pouco.

> Não chega nem perto de um sorvete de verdade. Mas num mundo em que o sorvete está extinto, isto parece o melhor sundae de chocolate que eu já comi.

> Verdade! Acho até **melhor**...

> Melhor que sorvete de verdade? Não fala besteira.

> Prefiro cereal gelado

Essa calma desaparece quando chegamos a um grande salão. A escuridão se estende em ambas as direções.

— Há algo neste lugar que não parece certo — o Quint comenta, suavemente.

— Algo, amigo? Que tal *tudo*?

— Não, Jack — ele responde. — Quero dizer algo que esqueci...

O Dirk vai pra esquerda.

— Precisamos de um *display* de direções — a June fala. — Pra encontrar o caminho mais rápido por aqui e o caminho mais rápido pra saída.

Deixamos o hall de entrada, e de repente acho que ouço algo atrás de nós. Mas é difícil dizer por causa do som que faço mastigando. É como comer pipoca no cinema, você quer ouvir o que está acontecendo, mas o seu cérebro continua escutando os seus próprios dentes idiotas.

Paro de mastigar, de boca aberta... só ouvindo. E o som se foi. Ou talvez nunca tenha existido.

Então, prossigo na mastigação.

E paro de novo.

E dessa vez, com certeza, eu ouço.

— Dirija mais rápido, Dirk. Por favor.

— Não dá pra ir mais rápido, Jack. Estamos passando *por dentro de um prédio*. E a maioria dessas, hã, como você as chama... salas?

— Galerias — a June responde.

— Na maioria dessas *salas* artísticas e pomposas não cabe a Big Mama.

— Eu não consigo superar essa sensação de que estou me esquecendo de algo tão obviamente *ruim* aqui... — o Quint resmunga. — Está na ponta do meu cérebro.

— Lá. Adiante. — A June aponta. — Um *display* de direções do museu.

O Dirk nos ajuda a avançar até que os faróis da Big Mama estejam brilhando diretamente sobre o grande mapa.

Todos nós nos inclinamos pra frente, procurando uma saída.

— Oooh, há uma exposição dos Mamutes Perdidos da Tundra! — O Dirk sorri. — Isso seria legal de ver. Ei, talvez fosse isso o que o meu velho queria...

— Shh! — A June olha pra gente. — Vocês ouviram isso?

Estou ao mesmo tempo aliviado e apavorado por não ser o único a ouvir coisas.

— Sim — o Quint sussurra. — Ouvi.

O som parece estar ao nosso redor. Mas está muito escuro pra ver qualquer coisa, exceto o que se encontra diretamente à nossa frente.

A June aperta um botão na Arma, e uma lanterna acende. Ela aponta pro canto escuro e sombrio do corredor que os faróis da Big Mama não alcançam.

O feixe passa por um *banner* enorme apontando pra maior ala de todo o lugar. Claramente, esta é a parte que dá fama ao museu.

Museu de Histórias do Mundo
Exposição Famosa de Espécies Extintas!

É como dar um passeio pela **história**!

— "Veja a terceira maior coleção de fósseis completos da América do Norte" — eu leio na placa.

— É ISSO! — o Quint grita tão alto que todos nós pulamos de susto.

E então eu também entendo...

Fósseis! Este é um museu de história... está cheio de fósseis!

> E "fósseis" é só uma palavra chique pra esqueletos!

> Tecnicamente, não. Mas são similares o suficiente pro Thrull poder controlá-los. Se as suas...

> **Trepadeiras!** Pessoal, o teto está **forrado**. O Thrull pode nos pegar aqui...

Olho pra cima, seguindo o feixe da lanterna da June. As trepadeiras rastejam pelo teto.

— Precisamos sair daqui agora — a June fala. — Antes que quaisquer *coisas mortas* que estejam neste museu notem a nossa presença.

As palavras mal terminam de sair da boca da June quando o museu *estremece*.

— Acho que é tarde demais — eu concluo.

Dos confins do museu vem um barulho tremendo: um estalo agudo que faz com que todo o lugar chacoalhe. O som ecoa pelos corredores... e sobe pela minha espinha.

O Quint olha em volta. Estamos no centro de um labirinto de corredores, salas e galerias.

— A armadilha foi acionada... — ele sussurra.

— Esquerda — grito, acenando com o Fatiador. — Pegue um mapa!

A Esquerda explode pra fora do trailer zumbi, apanha um panfleto do *display* e corre de volta pra dentro, enquanto o Dirk pisa no acelerador.

A Big Mama ruge pra vida, irrompendo através do museu e acelerando pelo corredor principal.

O som parece vir de todos os lados. Batendo, quebrando, e o museu inteiro tremendo.

thud-thud...

thud-THUD...

thud-THUD...

O Dirk dirige mais rápido, mas o som continua a se amplificar.

THUD-THUD...

THUD-THUD...

THUD-THUD...

A June enfia a cabeça pra fora da janela e acende a lanterna da Arma atrás de nós. O feixe salta à medida que avançamos.

A luz pisca em uma réplica realista de um mamute peludo.

Em seguida, um tigre-dentes-de-sabre.

E aí, algumas fontes de água que me lembram de que estou desidratado.

A Big Mama acelera em um corredor ridiculamente longo que parece se estender pra sempre. Olhando pra trás, enfim vemos o que nos persegue.

Sabe aquela conversa de "ver pra crer"?

Bem, eu vou te dizer... essa frase não se aplica a inimigos monstruosos de viagens pós-apocalípticas.

Porque eu vejo o que está nos perseguindo, mas não acredito...

Porém, no grito do Quint. No berro da June. No suspiro pesado do Dirk.

Neles eu acredito...

Capítulo Vinte

Asas de pterodátilo não funcionam pra voar, mas são iradas.

Cauda de brontossauro tipo chicote.

FÓSSIL MORTAL!

Mandíbulas de T-Rex e Megalodonte!

Esta monstruosidade bizarra continua mudando de forma. É como se os ossos fossem nanobots, mudando a criatura de uma forma horrível pra outra.

Pneus guincham no chão de mármore quando a Big Mama passa rugindo por um enorme modelo suspenso do sistema solar. Um instante depois...

SLAM!

O Fóssil Mortal colide com ele, enviando planetas pelo ar. A Terra passa por nós, depois se choca contra um pilar e se estilhaça.

— Belo simbolismo — o Quint comenta ao virarmos em um corredor.

O Dirk dirige mais rápido, mas, ainda assim, o Fóssil Mortal ganha de nós.

— Jack, temos uma parede à nossa frente — ele fala. — Pra que lado devo ir?

— DROGA! — grita Dirk, que então vira o volante.

A Big Mama quase capota quando o Dirk força o veículo em uma curva no último segundo, entrando em outro corredor escuro.

O truque involuntário engana o Fóssil Mortal, e ouvimos ossos derraparem contra o mármore enquanto ele tenta diminuir a velocidade. Olhando pra trás, vejo...

KA-KRAMM!

O monstro bate de cabeça em uma parede de concreto sólido. Ossos explodem. Mas todos nós sabemos que isso só vai desacelerar a besta, não a parar.

As rodas da Big Mama voltam ao chão, e os pneus barulhentos ecoam como berros.

Um longo corredor se estende à nossa frente. Está tão escuro quanto o resto do museu, mas meus olhos começam a se ajustar.

— Gente — eu sussurro —, acho que tem algo à frente.

— PARE! — o Quint ordena, de repente esticando o braço por cima de mim e puxando o freio de mão.

Somos instantaneamente atirados pra frente — o cinto de segurança contra o meu peito parece que vai me cortar ao meio. O cheiro nauseabundo de borracha queimada enche o ar. O Dirk liga os faróis altos.

— Ah, claro... — resmungo, com as luzes piscando em centenas de rostos sem pele. — Mais coisas mortas...

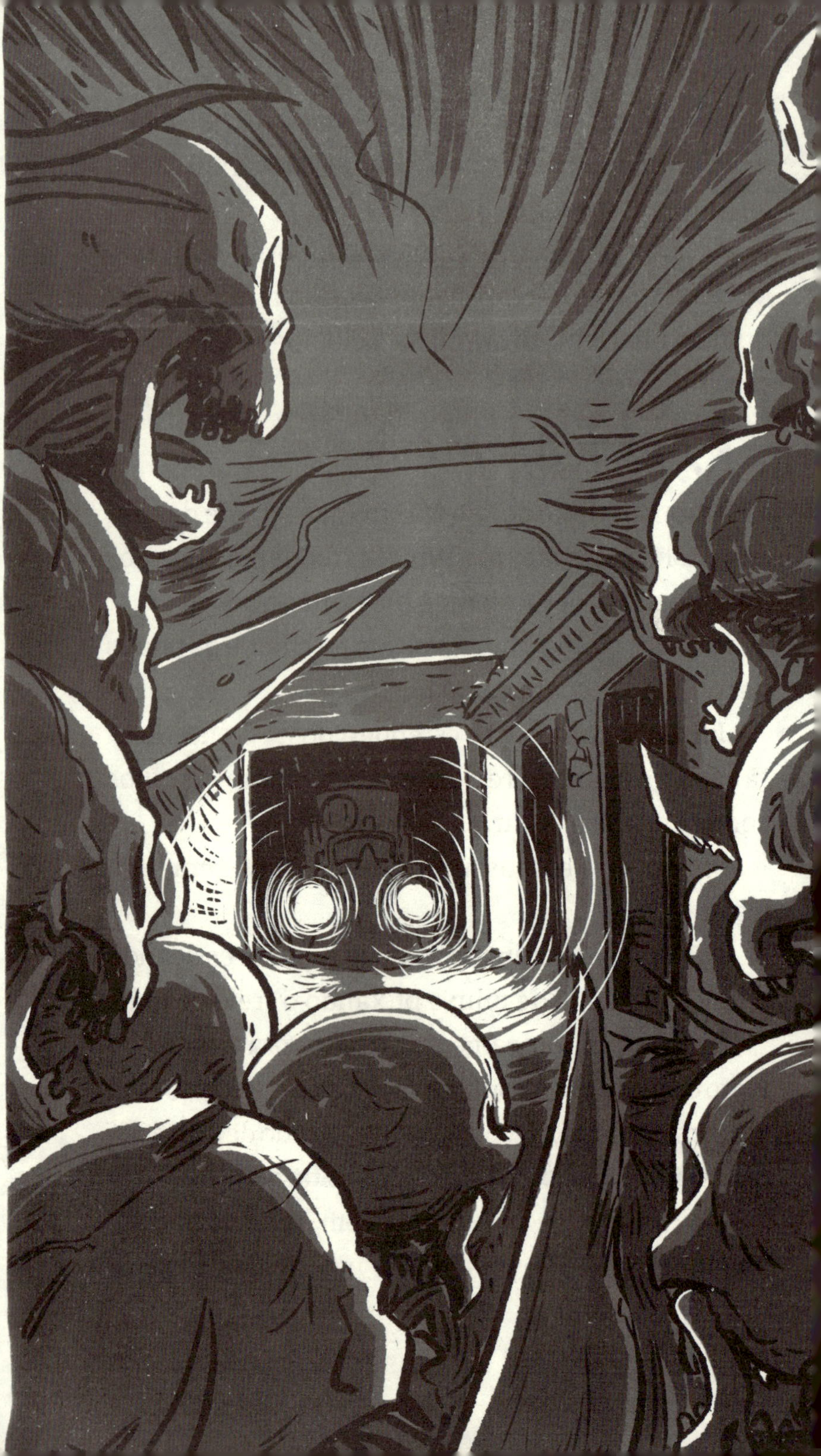

Soldados esqueletos...

E há mais por perto. Não consigo vê-los, mas ouço ossos barulhentos ecoando pelos corredores à medida que os soldados invadem o museu.

—Não vamos desistir ainda!—O Dirk engata a ré na Big Mama e pisa no acelerador.

— Cintos de segurança, galera! — a June lembra.

E bem na hora.

O Fóssil Mortal se remontou, e a sua cauda está batendo em nós como uma bola de demolição.

CAUDA DE CHICOTE DO FÓSSIL MORTAL

THWACK!

A Big Mama gira no ar e depois cai com as rodas pra baixo, com um horrível *CRUNCH*. O metal geme ao deslizarmos pelo chão.

Dentro da Big Mama, parece que atingimos a gravidade zero. Mal posso dizer qual lado é pra cima. Mas quando eu olho pela janela, vejo...

Um conjunto de portas duplas à frente, encimado por uma placa de SAÍDA não iluminada.

O meu coração acelera, mas logo murcha.

Porque não há chance de a Big Mama conseguir passar por elas.

Eu tenho um vislumbre do Fóssil Mortal no nosso retrovisor, pesadamente correndo atrás de nós. Parecíamos destinados ao fracasso.

A realidade começa a ser aceita, quando...

— TODOS SE ABAIXEM! — o Dirk grita.

A enorme pata do Fóssil Mortal ataca, ACERTANDO a Big Mama, nos fazendo voar e então explodir através de uma enorme lona suspensa.

Uma placa de EM CONSTRUÇÃO voa e ricocheteia no para-brisa enquanto passamos por um arco. Parte da parede se estilhaça. Pedras batem no chão à medida que deslizamos pelo piso de uma ala nova, escura e quase vazia do museu.

Há um momento de silêncio estranho e assustador — no qual todos prendem a respiração. Aí, através dos espelhos laterais da Big Mama, observamos as rachaduras nas paredes se estilhaçarem e crescerem até...

SMASH!!!

A arcada desmorona totalmente, selando todos nós dentro.

Lentamente, vamos saindo de debaixo dos destroços.

— Amigos? Ainda estamos vivos? — o Quint pergunta.

— Sim — a June responde. — Parece que sim.

— Mas a Big Mama, não — o Dirk avisa. — Ela foi nocauteada.

A fumaça sobe do capô da Big Mama. Eu não sou, tipo, um mecânico ou algo assim, mas tenho certeza de que isso é um mau sinal.

Ouço os meus zumbis em seu trailer, gemendo. Abro a porta de metal retorcida e os deixo sair.

— Tá tudo bem, pessoal. Venham todos esticar as pernas.

Este salão gigantesco está banhado por uma luz azulada. É a luz da lua — olhando pra cima, vejo que o teto é na verdade uma grande cúpula de vidro. Através dele, podemos ver o céu noturno e um piscar de estrelas. Não é a pior vista que já vi.

O salão está quase vazio: apenas alguns andaimes, ferramentas de construção e lonas respingadas de tinta.

O Quint dá um tapinha solene na Big Mama.

— Foi um erro desde o início. — Ele tosse por causa da poeira e dos detritos. — Não devíamos ter vindo.

Ele não está errado, mas claramente não é o momento de dizer *eu avisei*.

— Eu vi a saída — conto pra eles. — E de jeito nenhum a Big Mama seria capaz de passar por ali. Mesmo se ela não estivesse detonada e com fumaça escapando, nós não teríamos conseguido.

Ninguém responde.

Estamos muito ocupados ouvindo o exército de esqueletos se reunindo atrás da parede desabada. Eles estão tentando entrar, batendo e arranhando.

De vez em quando, os baques menores são pontuados por THUMPS massivos do Fóssil Mortal. Cada golpe faz o salão tremer; pedaços de mármore e gesso caem no chão como granizo.

— Quanto tempo até eles entrarem aqui, pessoal? — a June quer saber.

— Algumas horas, acho. E quando o fizerem... tudo o que temos é isto... — O Quint abre a mão, revelando um punhado de frascos da Ultragosma do Werbert.

Ninguém diz nada.

Não é o suficiente. Nós todos sabemos.

Abro a boca pra lançar algum discurso heroico, mas me contenho. Porque não há nada de bom a dizer.

E agora, eu nem tenho coragem de fingir...

Capítulo Vinte e um

A Big Mama morreu.

E por alguma razão, o meu cérebro idiota não consegue parar de imaginar a gente fazendo um funeral pra ela. Eu diria algumas palavras bonitas e tocantes, é claro, o que faria com que todos pegassem os seus lencinhos...

> Durante cinco aventuras e meia, ela foi o nosso veículo incrível e confiável.

> Ainda me lembro da primeira vez em que quase atropelei o Dirk...

Eu rio baixinho pra mim mesmo... pensando em um funeral pra um carro. Mas aí me lembro do Bardo. E me dou conta de que a perda da Big Mama é a nossa segunda perda em um tempo *muito curto*.

Com os esqueletos e o Fóssil Mortal ainda atacando as paredes, o Quint e a June seguem em direção às lonas penduradas.

Pulo no capô da Big Mama e me deito. Com as mãos atrás da cabeça, olho pro céu noturno através da cúpula de vidro. O Dirk se junta a mim.

— A lua hoje está linda — digo. Então, solenemente: — Você acha que viveremos pra ver isso de novo?

O Dirk fica em silêncio. Até que, de repente, ele se senta.

— Peraí... — Ele franze a testa. — Isso não é a lua.

— Hã? — pergunto.

O Dirk não responde, pois está ocupado subindo no teto da Big Mama.

— Ei, não dê uma de *Tomb Raider* sem mim! — E o sigo.

Atrás de nós, ouço Quint dizer algo como "Ei, June, dê uma olhada nisso...".

Não olho pra trás pra ver o que eles estão fazendo. Estou muito curioso do comentário do Dirk sobre *aquilo não ser a lua*. O pouco de altura extra faz toda a diferença: eu aperto os olhos e... uau! O Dirk tá certo.

Não é a lua. É algo totalmente diferente.

É algo *bom*.

É algo que parece *certo*.

Algo que se parece com *esperança*, como uma *chance*.

— É o Maior Donut do Mundo! — exclamo. — O que o Werbert chamou de o Grande Doce Redondo!

— Pode apostar que sim! — o Dirk confirma. — E está perto! Muito mais perto do que eu imaginava!

De repente, o Dirk está rindo. E rindo histérico. Rindo tanto que ele tem que se sentar.

— Você finalmente está pirando, amigo? — pergunto. — O que é tão engraçado?

— O Donut — ele responde. — É TÃO idiota. Uma bola de plástico em uma vara. Mas... eu nunca teria conseguido ver sem vocês...

— Isso não é verdade. Você e o seu pai teriam ido viajar. Eventualmente.

O Dirk balança a cabeça. A expressão no seu rosto me dá uma sensação de *déjà-vu*; me lembra de quando eu o encontrei na casa da árvore, depois que ele foi mordido pelo zumbi da Evie.

— O que foi, cara?

— Nós não teríamos ido, Jack. O meu pai nunca iria me levar. Era apenas mais uma mentira. Promessa vazia. Como todas as outras, sabe?

Não respondo. Porque eu não "sei"... não realmente. E o que o Dirk está dizendo é muito grande e pesado pra eu simplesmente concordar. Assim, fico em silêncio.

O Dirk continua:

— Ele não foi testador de veneno pro exército. Ele não era a Grande Adaga dos *Guerreiros Universais*... não *de fato*. Ele era um *reserva*; apareceu na TV uma vez. O meu pai não estava no time de treino do Pittsburgh Steelers. Ele não caçou um grande tubarão branco com um arpão duas vezes. Tudo mentira. E eu *sempre soube* que eram mentiras.

— Eu não entendo, Dirk. Se você sabia...

— Eu *queria* acreditar nelas... porque se ele não estava mentindo sobre isso, então talvez não estivesse mentindo sobre um milhão de outras coisas. Tipo, bem, fazer a nossa viagem algum dia.

Faço que sim com a cabeça. Embora eu nunca tenha tido um pai verdadeiro, entendo o que o Dirk está dizendo. E toda essa conversa de pais e donuts me fez lembrar do Bardo. Acho que o Dirk percebe isso.

— Eu gostaria que o seu pai pudesse ter visto isso tudo — digo.

O Dirk chuta de leve o meu tênis.

— O Bardo também.

— Ah-aham! — a June pigarreia.

O Dirk e eu erguemos os olhos. A June está ao lado do Quint, que espia por baixo de uma lona que cobre a entrada de outro corredor.

— Ei, vocês ouviram tudo isso? — o Dirk pergunta.

— Ouvimos — o Quint confirma.

— E nós amamos você, seu cabeçudo — a June acrescenta.

O Dirk sorri. É doce, mas é estranho, como comer um chiclete na cadeira do dentista.

O Quint, como sempre, acaba com o silêncio:

— Alguém quer ver algumas centenas de espadas antigas?
— Hã, sim, por favor. — E pulo da Big Mama.
E instantes depois...

POR CROM! ME LEMBREI!

— Eu lembrei por que o meu pai tinha este museu no mapa! — O Dirk está eufórico. — Cadê ele?

O Dirk corre, revistando os mostruários. Eu apenas fico olhando, de boca aberta, para centenas de machados, maças, escudos, lanças e muito mais.

— Achei! — o Dirk exclama ao irromper da sala ao lado. Ele está brandindo uma espada.

— O que você tem aí, amigo? — pergunto.

> A Maior Adaga do Mundo! Supostamente foi usada pelo famoso cavaleiro Sir Odrick de Orange pra decapitar...

— Uma pergunta. — A June ergue o indicador. — Uma grande adaga não é apenas, tipo, uma pequena espada?

— Não! Bom... Quer dizer, sim, eu acho. Mas a "Menor Espada do Mundo" parece idiota. A "Maior Adaga do Mundo" soa incrível. É por isso que viríamos aqui... pra ver isso, já que o meu pai era a Grande Adaga dos *Guerreiros Universais*! Sim, ele era um reserva, mas isso ainda é muito legal.

O Dirk vira a espada reluzente em suas mãos, admirando-a, maravilhado. Então, ergue os olhos e pergunta:

— Lembram quando eu disse que precisava de uma arma especial como vocês? Eu estava pensando em uma serra elétrica... mas isto é muito melhor do que uma serra elétrica! Vou chamá-la de... a Adaga. Para o meu pai.

— Bom nome. — O Quint sorri. — Não é particularmente criativo, mas é um bom nome.

Como alguém que teve a sua própria lâmina confiável durante o apocalipse, não sinto nada além de pura alegria pelo Dirk; estou feliz por ele finalmente ter encontrado a sua arma.

Mas o nosso momento fofo e caloroso é interrompido...

THUMP-THUMP-KA-KRASH!!!!

O Fóssil Mortal batendo na entrada desta ala. E os esqueletos arranhando e batendo nos escombros. Ao que parece, eles estão fazendo progresso.

— A Big Mama — eu digo. — Usaremos a Big Mama. Sei que ela está baleada, mas não importa. Não para o que estou pensando...

— E o que você tem em mente?

— Bem, Quint, quando o Bardo morreu, a Warg levou o seu corpo — começo a explicar. — Eu nunca pude dizer um adeus apropriado. Nunca cheguei a vê-lo de verdade, uma última vez. Mas agora, quando todos nós sabemos que a Big Mama não conseguirá sair deste museu, quero fazer uma despedida digna do que achamos que ela merece.

— Gosto muito disso — o Quint afirma.

Todos os outros acenam em concordância. Então, coloco o plano em ação.

— June, Dirk — eu digo —, levem aquela besta gigante pra sala principal. Quint, pegue o máximo de espadas, machados e lanças que puder. Os meus zumbis e eu cuidaremos do resto.

Com um golpe do Fatiador, o meu Esquadrão Zumbi me dá atenção. Eu me concentro — dentro da minha cabeça, explico a eles o que precisam fazer —, e então balanço a lâmina novamente. Eles começam a trabalhar.

O som antes abafado de ossos arranhando e batendo agora está se tornando mais nítido e claro à medida que os esqueletos abrem caminho através da barricada de escombros.

Mas tudo bem.

Porque estamos prontos pra eles...

— Tem certeza de que é uma boa ideia?

— Nunca tive menos certeza na vida.

Esta é a nossa ave-maria. Os nossos três pontos no acabar do jogo. E alguma outra referência que eu faria agora se soubesse alguma coisa sobre esportes.

Aguardamos enquanto os destroços e pedaços da parede se separam, revelando uma pequena abertura na entrada.

Lá vêm eles.

Primeiro, é apenas um esqueleto vindo na nossa direção.

Então, mais. E mais.

Logo, os outros o seguem, rompendo os escombros em um aglomerado de ossos e trepadeiras.

Chegou a hora.

— AGORA! — eu grito, acenando com o meu Fatiador.

Bem no meu comando, a Esquerda, o Glurm e o Alfred soltam a enorme besta de cerco, e há o som de *FLING* mais alto que alguém já ouviu.

A Big Mama avança em alta velocidade. Equipada com um número irracional de lanças mergulhadas em Ultragosma, ela atravessa cada soldado esqueleto no seu caminho, até colidir de frente com o Fóssil Mortal em um *CRASH* irado.

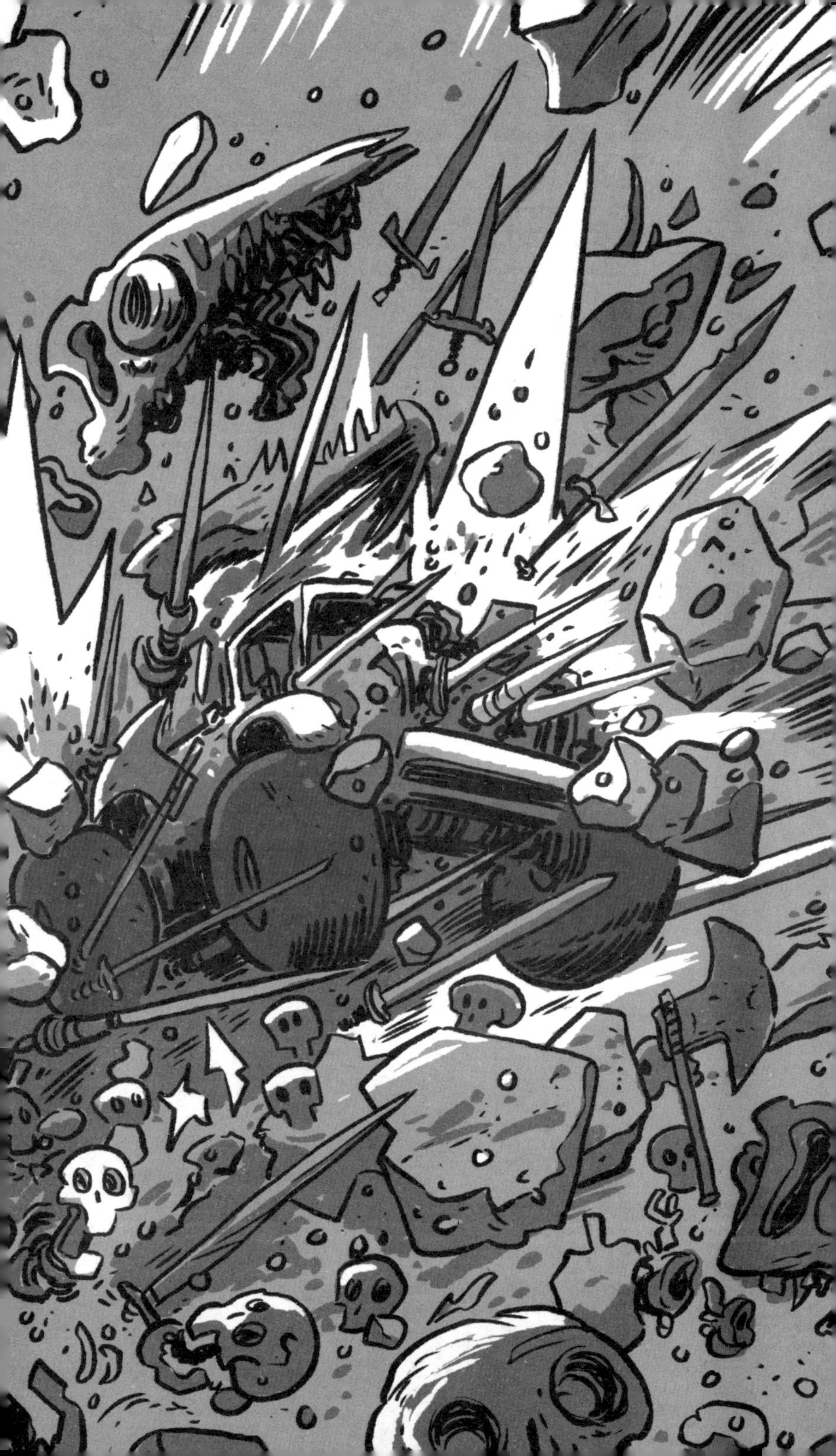

— É hora da parte dois! — a June grita.

A Big Mama abriu caminho e nos deu alguns segundos pra escapar. Mas os esqueletos estão se recompondo rapidamente. Precisamos nos mover.

Nós nos apressamos nos nossos BuumKarts modificados. O Glurm vai com o Quint, e a Esquerda, com a June, enquanto o Dirk dirige sozinho, a menos que você conte a Adaga ao seu lado. O Alfred dirige o meu BuumKart, porque de que adianta ter um mordomo zumbi se você não vai andar por aí como uma subcelebridade?

Segundos depois...

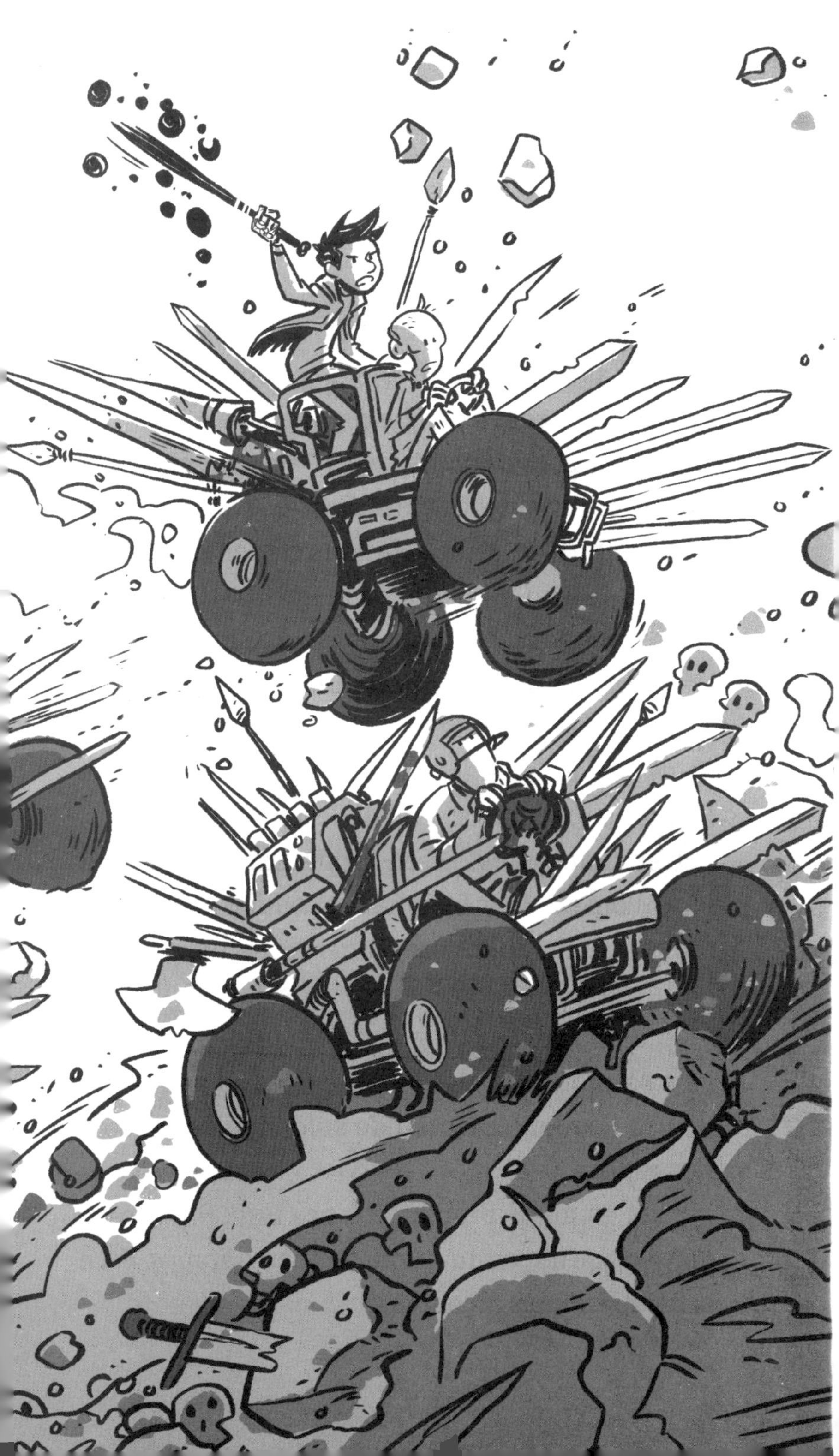

Nós saímos da ala de Armas e Armaduras, nunca diminuindo a velocidade — na verdade, acelerando pelo museu enquanto os esqueletos cobrem a Big Mama.

As pontas afiadas e cobertas de gosma das nossas muitas lanças fazem este plano ousado parecer muito mais seguro do que realmente é.

— Tá dirigindo bem, Alfred! — eu grito, me esforçando pra ser ouvido acima do rugido dos motores, do barulho e do bater de armas centenárias.

Ouço o som de metal se retorcendo. Madeira sendo rachada. O vidro se estilhaçando. Olho pra trás: esqueletos estão destruindo os destroços.

Os nossos BuumKarts novos e aprimorados são show de bola, mas dói deixar a Big Mama pra trás. Dói ver o exército do Thrull destruí-la.

E eu sinto que estou sendo dilacerado por dentro junto com ela. Mas foi uma despedida muito legal, muito melhor do que um funeral comum...

As portas de saída — aquelas pelas quais a Big Mama não conseguia passar — surgem à frente. Nós saímos pro estacionamento do museu, onde um pequeno pelotão de soldados esqueletos nos espera.

Mas estamos preparados pra isso. É por esse motivo que temos um plano de quatro etapas. Você acha que somos amadores?

Os nossos BuumKarts modificados, cobertos por armas medievais embebidas em Ultragosma, explodem nas linhas do exército de esqueletos do Thrull.

Viramos pra esquerda em direção ao Maior Donut do Mundo, detonando alguns soldados esqueletos desgarrados.

Os soldados são rápidos, mas não como os BuumKarts. Então, mesmo quando olho pra trás e vejo o exército do Thrull saindo do museu atrás de nós, sei que podemos fugir deles pra chegar ao que quer que esteja depois do Donut.

De perto, o Maior Donut do Mundo é ainda mais ridículo do que parecia de longe. Meio que igual à maioria das atrações da viagem de carro apocalíptica.

Empoleirado na parte de trás do BuumKart, tenho a melhor visão do que está nos perseguindo: todo o exército de esqueletos.

— É isso! — a June grita enquanto passamos pelo Donut. — A Grande Vila Molhada!

— Tem que ser! — O Dirk dá um soco no ar.

Eu me viro pra ver o que está à frente.

É uma placa de AQUA CITY. O parque aquático.

E eu entendo tudo. Parque aquático. Grande Vila Molhada.

Este é o lugar onde encontraremos a Ultragosma de que precisamos pra deter o Thrull ou a nossa morte prematura nas mãos de um monte de esqueletos.

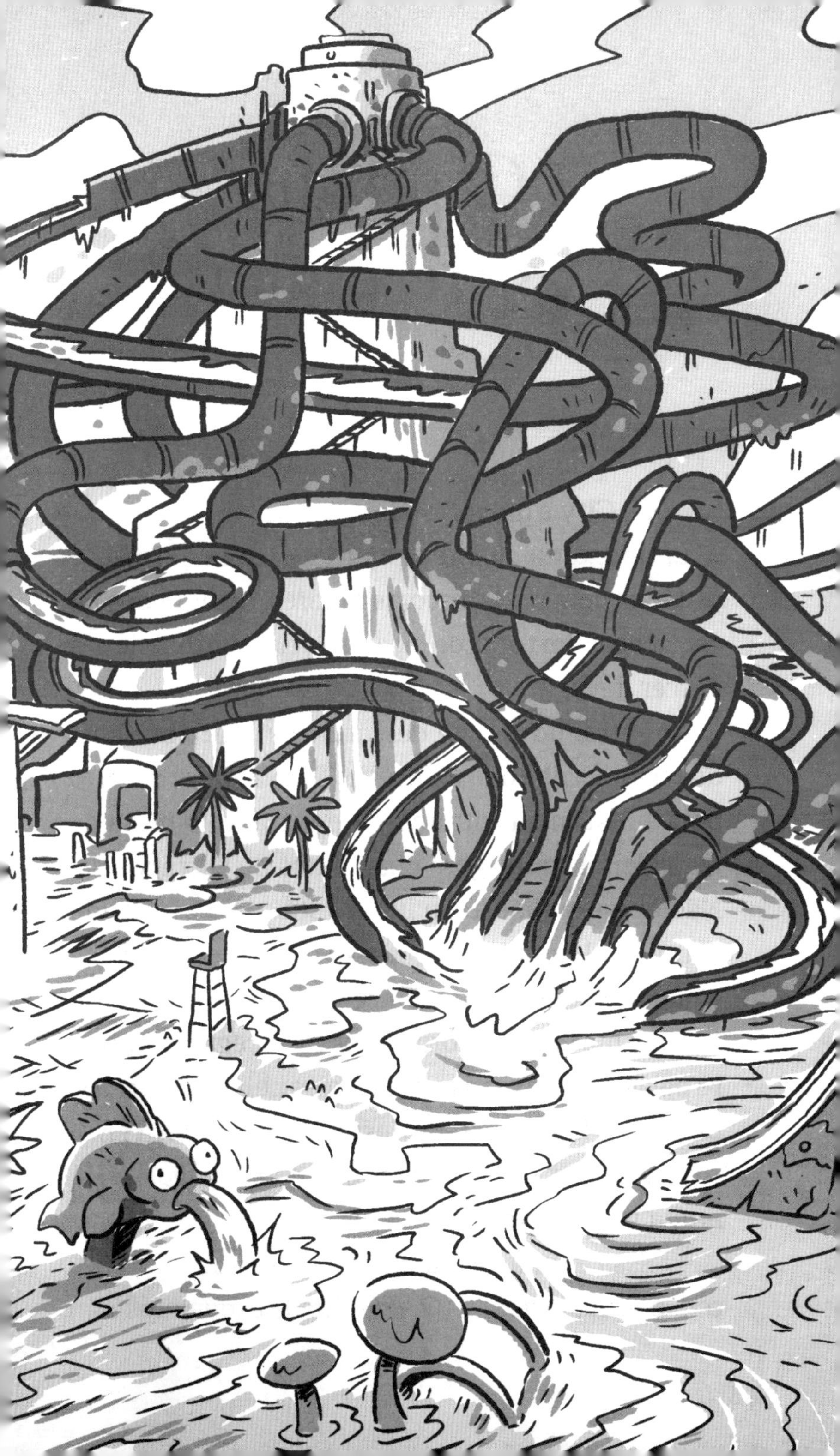

Capítulo Vinte e dois

Aqua City é *gigantesca*.

É, tipo, uma *cidade* de verdade: uma cidade de piscinas com onda, escorregadores, brinquedos de escorregar em toras de madeira e rios artificiais pra descer devagar.

Ao entrar no parque, descobrimos que os brinquedos estão brilhando em verde. Tudo ali está *coberto* pela substância totalmente natural que mata as trepadeiras, que agora chamamos de Ultragosma. Não apenas coberto, o lugar está meio afundado nela. Em alguns pontos, aposto que a profundidade é maior do que o velho Blargus.

A gosma verde escorre pelos escorregadores, corre pelas piscinas rasas, espalha-se pelas passarelas, pinga das lanchonetes — está EM TODA PARTE.

— Werbert não estava brincando — digo. — Há *muita* Ultragosma.

— Essa é uma ótima notícia! — A June não contém o entusiasmo. — O exército de esqueletos não pode nos seguir. Se tocarem naquela gosma... — Ela emite um som chiado.

— Mas também são más notícias — o Dirk acrescenta. — Os BuumKarts. Teremos que deixá-los aqui.

— Talvez não... — O Quint sai do seu BuumKart e olha ao nosso redor. Ele pega um punhado de gosma e, depois de vê-la pingar lentamente por entre os dedos, anuncia: — Eu tenho uma solução! — Então, indicando a direção dos soldados esqueletos, alerta: — Mas teremos de trabalhar rapidamente.

E nós fazemos isso.

Terminamos no momento em que os esqueletos estão entrando no parque. Dezenas de vilões sem cérebro escalam catracas, tropeçam em toldos e se espremem por entre cercas enferrujadas.

— Rápido aí, turma! — eu instigo.

— Pronto! — o Quint grita.

Sorrio, impressionado. Os nossos BuumKarts agora são jangadas — cada uma montada em cima de uma das boias infláveis usadas pra descer o rio artificial. Os meus zumbis pegam quatro pás de um galpão de suprimentos próximo pra serem usadas como remos.

— Empurrem! — o Dirk comanda, e cada um de nós empurra a sua jangada na gosma.

Nós saltamos, segundos antes de o exército nos alcançar. Milhares de esqueletos estacam de repente, deslizando e derrapando, tão forte e rápido que quase posso ouvir os seus ossos rangendo contra o asfalto. O ponto em que a Ultragosma atinge a calçada é como a costa de uma praia... e eles não podem entrar.

Os esqueletos na retaguarda não entendem a mensagem imediatamente e se chocam contra a massa, enviando a linha de frente de esqueletos pra dentro da gosma. Mesmo afundando e chiando, os esqueletos encharcados de gosma tentam nos pegar, esticando os seus braços e dedos ossudos.

Mas eles perderam. Por enquanto...

Em breve, estaremos flutuando em um rio lento de Ultragosma, adentrando Aqua City.

— Então, como vamos encontrar essa criatura que secreta a gosma, afinal?

— Boa pergunta, Dirk. — A June torce o nariz. — Tipo, de onde vem toda essa gosma?

E aí, ao nos virarmos pra um lado, vemos: o Double Trouble Dynamo, o maior toboágua do mundo. E a gosma escorre dele.

— Está vindo de lá — eu digo. — Sem dúvida. Agora, descansem os pés e deixem o rio nos levar até ali.

Afinal, este rio lento e improvisado é o nosso melhor meio de transporte e, no momento, só está indo em uma direção. Além disso, com o exército de esqueletos incapaz de nos seguir, temos tempo... *pra variar um pouco.*

As nossas jangadas navegam lentamente pela rua principal de Aqua City. O lugar é menos como um parque aquático e mais como uma metrópole desenvolvida — uma que foi abandonada e deixada pra apodrecer.

Todos os dias, este lugar se enchia de milhares de famílias, escorregando, deslizando e tomando banho de sol.

Agora parece um pesadelo verde neon.

Passamos por entradas de escorregadores rachados e amassados. Lanchonetes cheias de picolés derretidos e cachorros-quentes podres. Lojas de presentes com janelas quebradas e telhados afundados. Tubarões de pelúcia e o mascote pateta de Aqua City boiam de cabeça pra baixo na gosma.

Flutuando rio abaixo, noto que uma das barracas de lanches foi arrancada do chão e agora está deitada de lado. Existem buracos recortados no telhado da cabana, cada um do tamanho de uma tampa de bueiro.

Mesmo que o resto do lugar esteja em ruínas, *isso* é diferente. Como se tivesse sido feito intencionalmente.

Tentando aliviar o clima, digo:

— Ei, hã... Pergunta. É verdade que algumas piscinas têm uma substância química especial que transforma a água ao seu redor em uma cor vermelha brilhante se você urinar nelas?

O Dirk afirma:

— Cem por cento verdadeiro.

No mesmo instante, a June diz:

— Absolutamente falso.

O Quint apenas ri.

— Essa lenda urbana é mais velha que o Ŗeżžőcħ...

De repente, o rio faz uma curva, e ganhamos velocidade. Atrás de mim, ouço o Alfred gemer. Eu me pergunto se os zumbis ficam com aquela sensação de revirar o estômago quando caem em uma queda íngreme ou se isso é apenas com os vivos.

— Segura aí, pessoal! — o Dirk grita quando o rio de gosma desce, nos levando ao redor de um toboágua desmoronado.

As nossas jangadas BuumKart são cuspidas em uma passarela de concreto.

E então estamos lá. Na base do maior toboágua do mundo: o Double Trouble Dynamo. Estamos todos atordoados, em silêncio, olhando pro gigante gigantesco.

— Isso, hã... parece ainda maior de perto. — Os olhos do Dirk estão arregalados.

Ele teve que gritar, porque o som da Ultragosma caindo do escorregador é tão alto quanto uma tempestade. Ela jorra no cimento, respingando em cadeiras de praia enferrujadas e toalhas esfarrapadas.

— Bom — digo —, quem tá pronto para uma escalada?

— Vai ser tranquilo! — A June sobe o primeiro patamar, dois degraus de cada vez.

— O Dirk vai me carregar! — Quint diz, esperançoso. — Estilo mochila nas costas.

— Não. — E o Dirk começa a escalada. — Não, não vou.

O Quint resmunga de desapontamento e o segue.

Eu me viro pro meu time. O Alfred está me encarando. O Glurm, tentando acertar uma mosca que pousou no seu nariz. A Esquerda, deslizando muito lentamente pra trás na gosma escorregadia.

— Vocês vão ficar aqui embaixo. E podem apenas, hã, bem... — eu paro e olho ao redor, pro deserto pós-apocalíptico verde neon — ... arrumar as coisas ou algo assim.

Então, começo a escalar.

Mais ou menos 257.983 degraus depois, estou prestes a desmaiar. Ou vomitar. Ou ambos.

— EI! Mantenham-se em movimento! — a June rosna.

Consigo reunir energia suficiente pra levantar a cabeça. A June, um andar à nossa frente, olha pra baixo como um sargento instrutor decepcionado e diz:

— As escadas não vão deter o Ṛeżżőcħ ou o Thrull. Portanto, também não podemos permitir que eles nos detenham.

Ela tem razão.

Eu continuo a subir.

O sol está alto quando finalmente alcançamos o trigésimo nono nível: apenas um nível antes do topo.

Todos nós desabamos contra a grade. Daquela altura, o único som é a nossa respiração pesada e o gotejar constante de Ultragosma. Ela bate nas laterais acima de nós, espirrando em riachos grossos.

Olhamos a última curva com desconforto, porque ela leva ao lance final da escada — e o lance final da escada leva ao deque. Seja lá qual for o monstro estranho que esteja lá em cima, está produzindo essa coisa — despejando galão após galão de Ultragosma.

Será algum tipo de inseto monstruoso com uma bunda do tamanho de um caminhão-tanque? Ou uma fera-urso mamute que ordenha gosma como mel?

— Então, qual é o plano? — o Dirk pergunta, por fim.

Ninguém responde.

O rosto do Dirk está se contorcendo.

— Vocês estão me dizendo que acabei de escalar uma montanha absurda sem nenhum plano pro que faremos quando chegarmos ao topo?!

— Talvez devêssemos descer e conversar sobre isso — sugiro. — E depois voltamos.

A June me dá uma cotovelada. Forte.

— O que quer que esteja lá em cima está produzindo toda essa gosma, portanto, vamos levar conosco. Esse é o plano. Realmente simples. Agora, em frente...

A June pode parecer confiante, mas ela vira a esquina devagar e sobe o último lance com cautela. Eu levanto o Fatiador e sigo. Pinga gosma na Adaga do Dirk, que ele segura ao seu lado. A arma do Quint está em uma posição de "Vou furar você, cara!".

Subimos as escadas e chegamos ao deque, prontos pra tudo. Então...

— Não tem nada aqui! — o Dirk exclama.

— Claro que tem — o Quint retruca. — Gosma. Pra caramba.

Isso é verdade. O deque é *descomunal*, grande o suficiente pra lançar um foguete da NASA. E a gosma chega até os tornozelos... e continua, mesmo se derramando sem cessar por todos os andares.

E agora?

De onde tudo isso está vindo?

Estava imaginando um inseto gigante, tipo um caminhão-tanque.

Eu estava pensando em algo assim, também.

Aí, de repente, a mão da June agarra o meu braço, apertando com força.

— Veja... — ela sussurra. Parece que a June acabou de ver um pássaro raro e não quer assustá-lo. — Acho que está vindo dali. A cadeira...

Na extremidade da plataforma há uma cadeira de salva-vidas, e das suas pernas escorre Ultragosma. Eu vagarosamente atravesso a gosma até ter uma visão da frente. E a June tem razão — naquela cadeira está uma criaturinha bizarra, de aparência tão *estranha* que não posso evitar de...

— AAAH! — grito.

Sim, eu disse "aaah". Não tenho orgulho disso. Mas não me envergonho também. Todos nós nos assustamos de vez em quando; já ouvi algumas pessoas se assustarem ao longo das suas vidas inteiras.

Porém, o meu súbito "aaah" surpreendeu o Quint, o que assustou tanto o Dirk que ele gritou, o que fez a June gritar:

— É UMA EMBOSCADA? — E ela começou a girar descontroladamente, mirando a Arma.

Momentos depois, estamos todos tão amedrontados que nos escondemos em um canto, encolhidos atrás de uma pilha de boias mofadas.

— Por que estamos nos escondendo atrás de uma pilha de boias mofadas? — o Dirk quer saber.

Espero a minha frequência cardíaca chegar perto do normal antes de dizer:

— Hã, desculpem... Aquela coisa ali, na cadeira, me causou calafrios. Não sei por quê. Tipo...

— Por que ele está sentado ali, sozinho, parecendo minúsculo e estranho?! — O Quint arqueia uma sobrancelha.

— ISSO! — digo, aliviado porque o Quint entendeu. — EXATAMENTE ISSO!

A June espreita por cima das boias.

— Deixando de lado vocês dois e os seus calafrios, *parece* que essa coisa é o que está criando a gosma.

O Dirk espia pela lateral.

— Uau. Está, tipo, *derretendo do seu corpo*. Tipo um suor gosmento!

— O termo "suor gosmento" não está ajudando com os meus calafrios. — Faço uma careta. — Eu nunca mais quero ouvir o termo "suor gosmento" de novo, entendeu?

A ciência disso, porém, essa coisa minúscula produzindo tanta gosma, empurra o Quint pra além do seu medo. Ele observa.

— É verdade — ele diz, após um momento. — Ele vaza gosma, de forma constante, mas não perde massa. Fascinante...

Olho para os meus amigos.

— Fascinante... e de aparência estranha.

— NÃO DIGA ISSO! — O Dirk tapa os meus ouvidos com as mãos. — Ele pode te ouvir.

— Como é que você colocando as *suas* mãos nos *meus* ouvidos vai fazer *o carinha* não ouvir?

— Ouçam bem! — A June parecia muito estar pronta pra resolver as coisas. — Nós faremos o seguinte: pegamos o monstrinho, jogamos em um BuumKart, aceleramos pra encontrar alguns tanques de armazenamento do estilo da Big Mama e, em seguida, começamos a enchê-los. O que acham?

— Tudo bem — eu apoio.

— Parece lógico — o Quint afirma.

Todos nós olhamos pro Dirk. Sem resposta. Isso porque ele está ocupado observando a coisa com olhos arregalados.

— Ele é tão adorável! — Dirk grita. — Eu só quero apertá-lo! E cutucá-lo! E fazer cócegas nele! E mordê-lo!

— Ei, capitão das agressões fofas! — a June rosna. — Você ouviu o que eu disse?

— Hã? Ah, sim, mas... não sei. Não podemos simplesmente *pegá-lo*. Temos que perguntar primeiro.

— Perguntar? — A June põe as mãos na cintura, incrédula. — Você olhou para aquela coisa? Ela tem, tipo, duas células cerebrais.

— Ei! — digo, girando. — Eu apenas disse que ele tinha uma aparência estranha. Não insultei a inteligência dele.

A June geme.

— Sinto que estou em um episódio de *Além da Imaginação*... Precisamos dessa coisa PRA SALVAR A NOSSA DIMENSÃO. AS NOSSAS FAMÍLIAS!

— O negócio é o seguinte. — O Dirk se levanta e embainha a Adaga. — Eu vou falar com ele. E convidá-lo a vir com a gente. *Convidá-lo*.

A June resmunga:

— Tudo bem, mas se apresse!

Devagar, tentando não assustá-lo, o Dirk se aproxima. Cada passo lento através da gosma produz um som pegajoso.

— Hã, ei, amiguinho — o Dirk fala. — O que você está fazendo?

A coisinha se vira pra olhar pro Dirk.

Uma segunda cadeira de salva-vidas está tombada na gosma, castigada pelo tempo e danificada. O Dirk a pega, com movimentos lentos, e a coloca diante do carinha.

A June revira os olhos.

— O que é isso, uma entrevista? Essa é a mesma configuração que eu fiz pra dar as notícias da manhã na escola!

Isso me lembra de outra coisa: o tipo do "Ei, campeão" que eu recebi de pais adotivos ao longo dos anos; os melhores, pelo menos. Os adultos adoram ser dramáticos quando precisam dizer algo importante, como se pensassem que estão fazendo um teste para um programa de TV. Puxando uma cadeira, sentando-se nela corretamente. Ou eles vão sentar na ponta da cama e dizer coisas tipo: "Como está se sentindo, capitão?"

Mas o Dirk parece meio natural quando se acomoda na cadeira gasta, até que ela se quebra e a sua bunda afunda. Agora ele parece algo absurdo.

> Ei, carinha. Então, temos uma grande incumbência...

> Missão! Chame de missão! É mais maneiro!

A June faz um som como se talvez, apenas talvez, ela fosse me jogar no escorregador mais próximo.

Ela suspira.

— Não temos tempo pra isso.

— Então... — O Dirk tosse. — Deve ser, hã... solitário aqui em cima. Você quer vir com a gente, pequeno Babão? Vamos salvar esta dimensão.

O Babão responde com um arroto.

— Já chega! — A June se levanta. Ela está prestes a marchar para lá quando...

BRRRUUUUMMMM!

O estrondo repentino é seguido por um rangido que irradia por toda a estrutura — tudo estremece e balança.

Eu engulo em seco.

Em seguida, uma série de THUNK, cada um mais alto que o anterior. E a cada THUNK, toda a estrutura estremece.

— Os esqueletos! — a June afirma. — Eles conseguiram vir, de alguma forma!

— Não. Não são eles. — O Quint tem estado quieto, e vejo que é por estar observando os esqueletos o tempo todo. — Eles continuam lá embaixo, onde os deixamos. Embora pareçam estar tramando algo...

— Então o que foi isso? — A June franze a testa.

Penso nos enormes buracos que vi em alguns pontos do parque e agarro o corrimão quando...

THUNK!
THUNK! THUNK!
THUNK! THUNK! THUNK!

O deque treme e balança. De repente, uma sombra passa por cima, cobrindo todos nós. Algo ENORME está descendo no deque, surgindo e bloqueando o sol.

–GARGANTULAX!–

Careta grande e feia.

Olhar bravo e superprotetor.

— Agora *sim* — comento. — *Esse* é mais o tamanho que eu esperava.

O Gargantulax se inclina pra frente de forma que os seus muitos olhos fiquem fixos no Dirk. O Dirk se ajeita na cadeira, mas se mantém firme, e diz:

— Não queremos fazer mal a ele! Nós somos os mocinhos! Só precisamos da ajuda dele. Ele é a chave pra derrotar todo o mal!

Mas o Gargantulax não entende. Apenas sibila ameaçadoramente pra ele.

— Vamos, Dirk, vamos... — a June pede, rosnando por entre os dentes cerrados. Os seus dedos estão cravados nas velhas boias com tanta força que começam a rasgá-las. — Apenas agarre a coisa e vamos embora.

— ATUALIZAÇÃO DOS ESQUELETOS! — o Quint avisa. — Eles parecem estar tramando um plano. Tem muito movimento.

Eu olho de volta pra entrada do parque aquático. O tamanho do exército de esqueletos, mesmo a esta distância, é assustador.

— Desta altura — digo —, parecem formigas.

— Formigas *operárias* — o Quint corrige. — Eles estão se movendo com um propósito.

No entanto, não podemos nos preocupar com isso agora porque...

HISSSS!

Eu me viro quando o Gargantulax rosna e se inclina pra mais perto do Dirk.

— Jack, olhe! — O Quint aponta. — Apesar do tamanho dele, as suas pernas não afundam na lama. É exatamente como...

— Legolas! — completo. — Andando na neve!

O Quint sorri e adiciona:

— Além disso, é bastante semelhante a um inseto-jesus.

Ao que parece, a coisa está a poucos segundos de arrancar a cabeça do Dirk.

— Dirk, anda! — a June grita. — Apenas agarre a coisa e corra!

Acho que é o protetor do Babão!

Podemos convencê-lo!

— ATUALIZAÇÃO DOS ESQUELETOS PARTE DOIS! — o Quint anuncia. — Eles parecem estar construindo algo. Porém, *eles próprios* são os blocos de construção. Está acontecendo muito rapidamente agora.

Isso é como um dos jogos supersérios de pingue-pongue do Quint e do Dirk, nos quais eles me fazem de árbitro — e eu vejo a bola ir pra frente e pra trás, pra frente e pra trás. Mas aqui estou eu observando esqueletos, monstro, esqueletos, monstro.

Há muito barulho na entrada de Aqua City agora, tão alto que podemos ouvir até aqui. São os esqueletos subindo uns em cima dos outros, como uma daquelas pirâmides das animadoras de torcida. Mas esta é feita de *milhares* de esqueletos.

O Gargantulax sibila, e a sua cabeça gira na nossa direção. Ele nos observa.

Mais do que isso: ele nos observa *observando os esqueletos*. Como que decidindo quem destruir primeiro.

A estranha figura montada pelos esqueletos agora está completa. Os meus olhos se arregalam, e o terror frio toma conta de mim à medida que a compreensão se instala. Juntos, o exército formou um único conjunto de esqueleto maciço.

— Isso é ruim... — o Quint murmura.

— Não — retruco. — É *pior* do que ruim. MUITO pior.

Semicerrando os olhos, vejo a última peça da figura do esqueleto: o Blargus...

Como a vela no bolo, a cereja horrível no topo, o Blargus é o pico desse monstro do tamanho de uma montanha.

— Pessoal — chamo. — Olha quem está de volta. DE NOVO.

— Mas.

— Que.

— Droga.

— Exatamente.

Os meus amigos veem por si mesmos. O parque inteiro parece estremecer quando a massa imponente dá o seu primeiro passo colossal à frente.

Muitos esqueletos formando um monstro esqueleto.

O COLOSSO DE OSSOS!

Blargus, a Voz do Thrull.

A cada passo, a Ultragosma espirra, e parte do Colosso se derrete. A Ultragosma dissolve as trepadeiras, destruindo os esqueletos que formavam a planta do pé do grande monstro.

Com o próximo passo, os tornozelos do Colosso de Ossos começam a se liquefazer. O som crepitante ecoa por todo o parque.

Mas ele só precisa chegar até nós... e cada passo tem o comprimento de uma quadra de basquete.

— Será que vai chegar até nós, Quint? — atrevo-me a perguntar. — Será que ele consegue chegar aqui e *ainda* ser alto o suficiente pra que os esqueletos possam nos alcançar?

O Quint está de olho em tudo, calculando os ângulos e dimensões na cabeça.

— Vai ser perto — ele diz. — Vai ser muito perto.

— Não vou esperar pra ver se será perto ou longe! — A June torce a boca. — *Salvarei* os meus pais de um jeito ou de outro!

Não vejo medo nas suas feições — apenas determinação quando ela sai de trás das boias.

Em um movimento rápido, a June se lança pro Babão.

Mas o Dirk desliza pra fora da cadeira, bloqueando o Babão das mãos da June.

— Não!

O Gargantulax ruge.

Dirk!
Agarre o monstrinho!
Nós precisamos dele!
Não interessa... NÃO vamos roubar nada!
Temos que achar um jeito de vencer o Thrull sem raptar nenhum pequenino do seu protetor.

O Gargantulax olha pra June e pro Dirk, e aí a sua cabeça enorme se vira pra observar o Colosso de Ossos, depois volta pra June e pro Dirk. Ele está ligando os pontos, eu percebo. E, infelizmente pra nós, está conectando todos eles de forma errada.

RAWRRR!

O uivo furioso e molhado do monstro os derruba. A sua boca permanece aberta. Uma única mordida das suas mandíbulas enormes poderia engolir o Dirk e a June inteiros.

— NÃO! Não estamos com os esqueletos! Nós odiamos os esqueletos! — o Dirk grita ao perceber o que está acontecendo. — Somos do time da casa!

Mas a boca do monstro se escancara ainda mais.

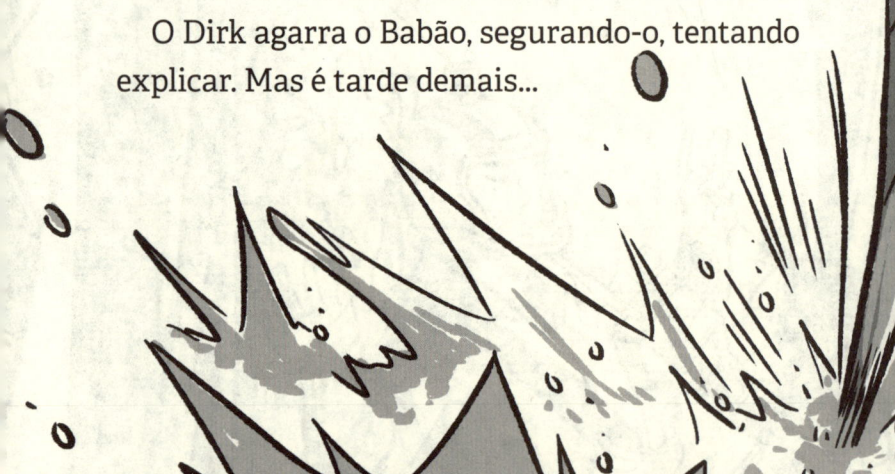

O Dirk agarra o Babão, segurando-o, tentando explicar. Mas é tarde demais...

Capítulo Vinte e três

O Dirk cambaleia pra trás, ainda segurando o Babão. A June segura o pulso do Dirk, impedindo-o de entregar a criatura ao imponente Gargantulax.

— Pessoal! — eu grito. — Olha pra trás!

Os dois giram, esperando o perigo.

— Desculpem! Eu quis dizer "olha pra trás" no bom sentido!

— O QUÊ? — o Dirk rosna.

Mas a June vê o que eu vejo.

A boca de descida do Double Trouble Dynamo: o escorregador é a única saída possível.

Eu agarro o Fatiador com força, prestes a correr pra frente e atacar o Gargantulax. Deve ser distração suficiente pra permitir uma ousada fuga do Dirk e da June.

Mas então há um rugido inconfundível, tão alto que me faz estremecer. Um guincho tão terrível que me retorce por dentro: *Thrull*.

Eu giro. O rugido do Thrull vem da boca do Blargus, no topo do Colosso de Ossos, e eles estão quase em cima de nós...

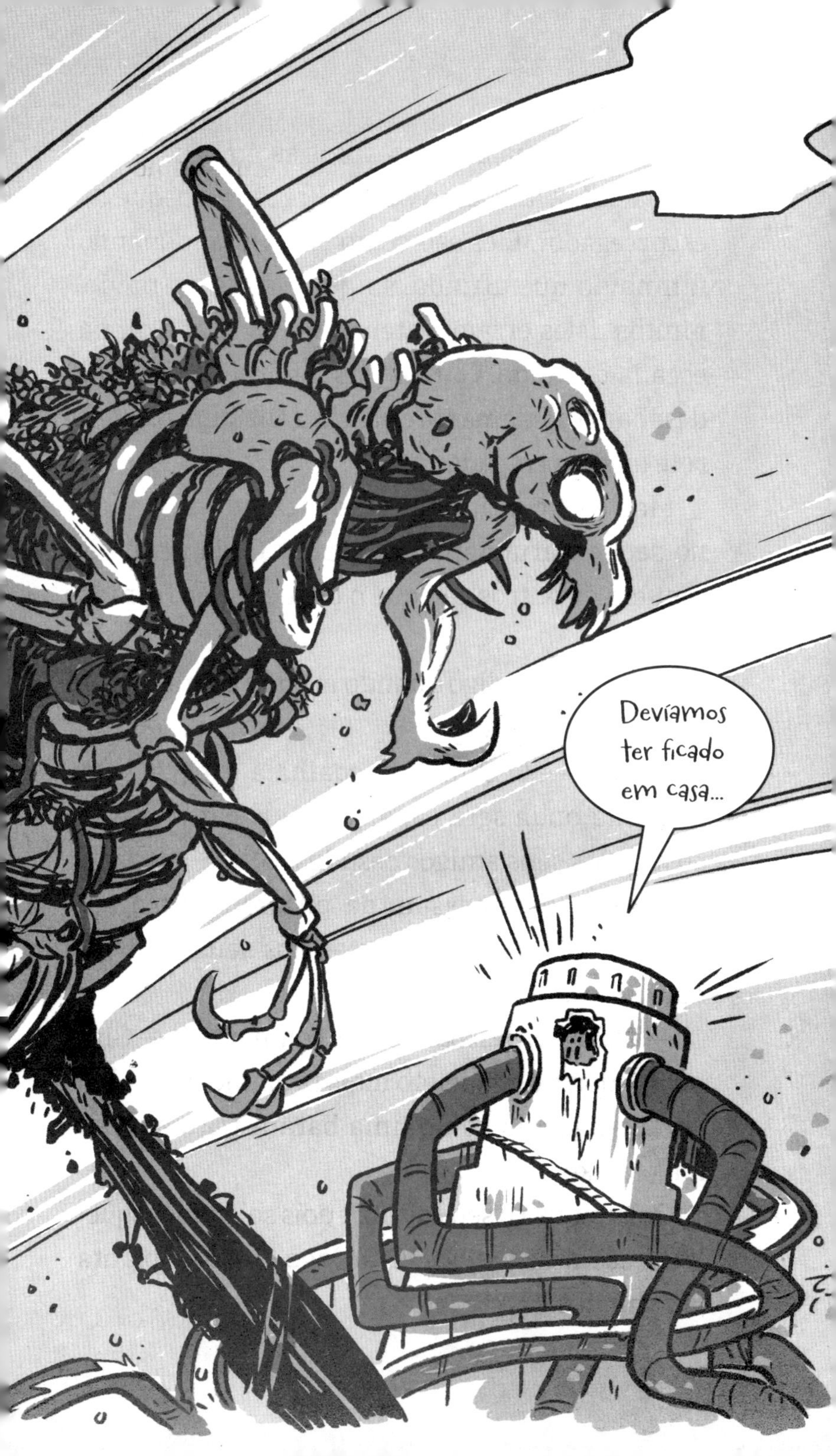
Devíamos ter ficado em casa...

Depois de mais um passo, os esqueletos começam a pular, lançando-se em direção ao deque do escorregador. Eles são como ratos abandonando um navio que afunda, só que *eles* são o navio. Muitos deles erram, batendo no corrimão ou na escada e caindo. Outros pousam no deque, mas desabam rapidamente quando a Ultragosma derrete as suas trepadeiras.

Mas eles continuam vindo, caindo sem vida no deque e afundando na gosma. Cada vez mais seguem os outros, até que o deque esteja forrado de ossos.

— Ah, não — digo quando me dou conta do que eles estão fazendo.

— Sim. — O Quint chacoalha a cabeça. — A próxima onda será capaz de marchar sobre as costas dos seus amigos ossudos.

Mais se arremessam da pirâmide. Essa onda marcha direto nas costas dos seus camaradas caídos.

— Atenção, pessoal! Temos companhia! — Giro o Fatiador, e o esqueleto mais próximo mergulha na Ultragosma como uma batata frita em um *milk-shake*.

O Quint usa o seu cajado, e dois soldados esqueletos caem de joelhos. O ar logo cheira a planta em chamas.

— DIRK! JUNE! — grito. — PRECISAMOS IR ANTES QUE SEJA TARDE DEMAIS!

Então eu ouço... e entendo que já pode ser tarde demais. É o Thrull sussurrando o meu nome:

— *Jaaaaaaaack...*

Torno a girar. A mão enorme e delgada do Blargus está lá, alcançando o corrimão.

Esqueletos correm ao longo do pulso dele, e então saltam pro deque. Mas eles passam por mim e pelo Quint.

— Eles estão tentando matar o Babão! — o Quint diz, mas eu quase não ouço.

A mão ossuda do Blargus se abre e se estende pra me pegar.

Observo as trepadeiras rodopiantes atrás das suas órbitas se apertarem, formando dois globos de neon retorcidos. Quase parecem exibir vida, cintilando com algo como triunfo.

Os nossos olhares travam-se um no outro por um segundo prolongado, aparentemente sem fim... e aí os olhos dele brilham de surpresa.

E em seguida, fúria.

As pontas dos dedos dos seus ossos arranham o corrimão. Rachaduras de madeira. Lascas enchem o ar e espirram no solo viscoso.

Ele não vai conseguir...

Ele não vai nos alcançar...

Ele está caindo, caindo, caindo...

SKRE

EEEEEEEEE!

Não consigo vê-lo despencar. E não consigo vê-lo mergulhar na gosma. Porque o barulho do aço batendo contra ossos me faz girar.

O Dirk balança a Adaga, desviando golpe após golpe de esqueletos, sem jamais largar o Babão. A June é empurrada pra trás, pra trás e pra trás, mas aí, finalmente, libera uma explosão furiosa da Arma — uma dúzia de esqueletos são explodidos no deque.

Enquanto isso, o Gargantulax está no canto, congelado — o monstro agora deve compreender que não somos amigos do Thrull, do Blargus ou do exército de ossos. Mas também não entra em ação pra nos ajudar.

A maioria dos esqueletos na plataforma está indo atrás do Babão. O Thrull deve saber o que ele é, deve temer o que pode fazer, e agora trouxemos o Thrull direto pra ele!

— Vocês não vão ficar com ele! — o Dirk ruge.

Mas, ao mesmo tempo, eles atacam — seis esqueletos, armas golpeando...

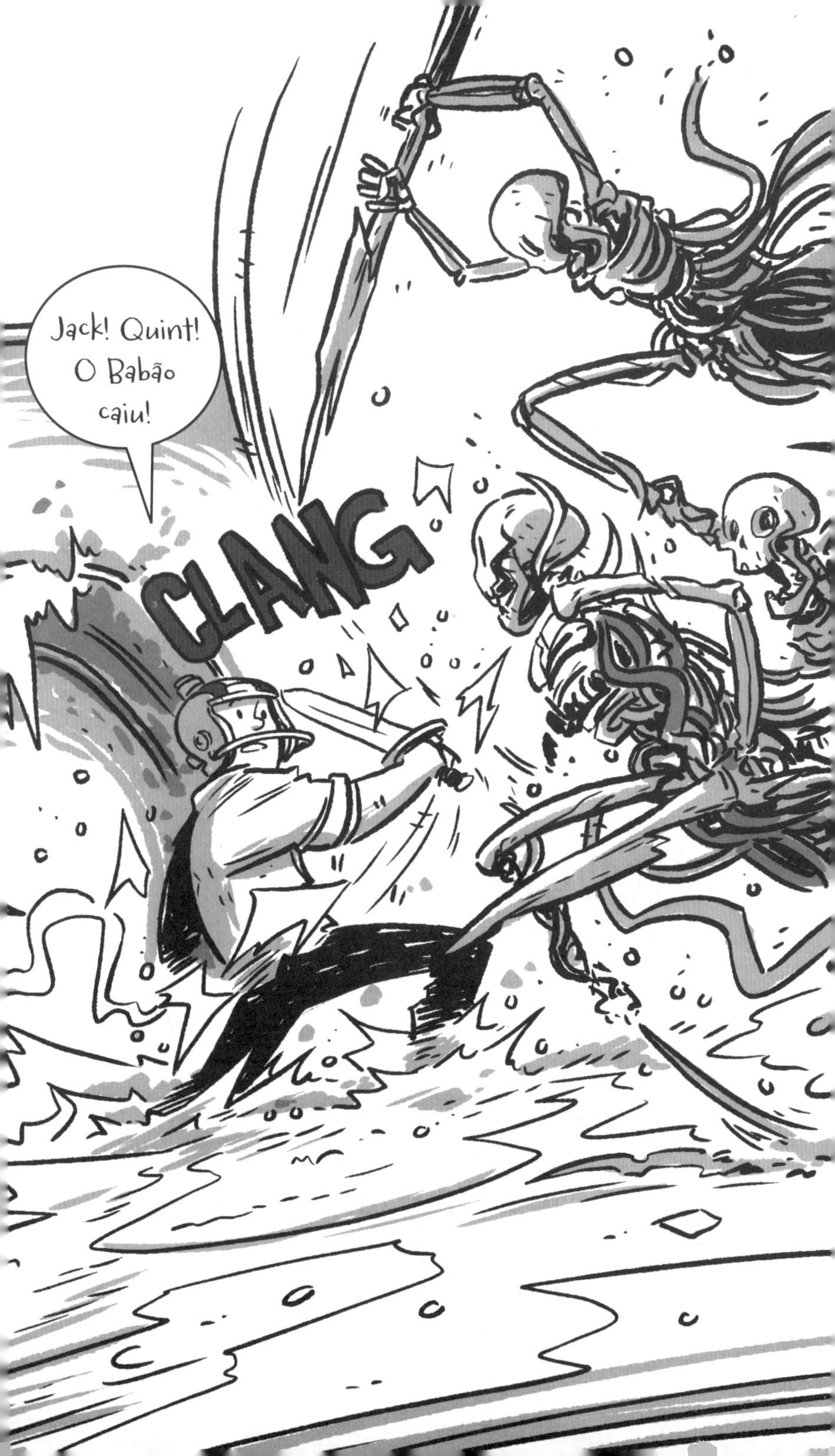
Jack! Quint! O Babão caiu!
CLANG

O Babão desliza pelo deque! A Ultragosma aumenta quando o pequenino gira e desliza pela plataforma como um disco de hóquei.

Em um piscar de olhos, a cena muda do combate pro caos — todos tentam agarrar o Babão. Enxames de esqueletos se jogam na Ultragosma, desintegrando-se instantaneamente. Esqueletos batem as suas espadas pra baixo, tentando espetar o Babão como um kebab, mas ele continua deslizando.

— Quint, ele está indo na sua direção! — o Dirk grita.

O Quint se lança pro Babão deslizante. Uma lâmina de osso chicoteia por cima da sua cabeça enquanto o Babão desliza entre suas pernas.

— Deslize pra liberdade, amiguinho! — o Dirk grita.

RAWWWRR!

O Gargantulax, pelo jeito, entende agora, porque ele entra em uma fúria enlouquecida e destruidora de esqueletos. Golpes fortes enviam esqueletos em espiral pelo ar.

Ouve-se um som sibilante desagradável, e metade dos esqueletos restantes se aglomeram pro Gargantulax, enquanto os outros continuam tentando pegar o Babão.

Em instantes, o Gargantulax é dominado.

É como um daqueles documentários sobre a natureza, em que um bando de abutres desce e devora um pedaço de carne em, tipo, dezenove segundos.

— Atenção! — eu berro. — O Gargantulax! Ele vai pular!

E então, como se estivesse acontecendo em câmera lenta, o Gargantulax atravessa a proteção do deque, despencando pro lado, levando junto uma dúzia de esqueletos...

BUUM!

— Cadê o Babão? — o Dirk grita.

Todos nós nos viramos pra lá e pra cá, procurando, e aí...

— Lá! — A June aponta.

Eu me viro bem a tempo de ver o minúsculo monstro escorregar pra boca de descida do Double Trouble Dynamo, e então...

GLOOP!

Ele mergulha pra baixo.

— BABÃO! — o Dirk chama, passando por dois soldados. — Estou indo!

O Dirk se joga primeiro no túnel de descida, e nós o seguimos, mergulhando na escuridão...

O Double Trouble Dynamo foi feito pra ser descido com enormes boias redondas, por isso é supergrosso.

Nós quatro, juntos, estamos deslizando por ele.

— Pelo menos os esqueletos não podem nos seguir no escorregador! Certo, pessoal? — pergunto.

— Jack, olhe atrás de você. — A June arregala os olhos.

— Os esqueletos seguiram a gente descendo o escorregador?

— Os esqueletos seguiram a gente descendo o escorregador.

Não entendo. Eles deveriam ser montes de ossos inanimados e sem vida. As suas trepadeiras já deveriam ter derretido!

Mas logo eu vejo... eles estão usando boias de esqueleto... utilizando os ossos de soldados caídos como jangadas improvisadas.

De repente, estamos explodindo em luz do sol, com o escorregador indo de um tubo fechado pra um meio tubo.

PEGUEI!

A gosma é mais lisa do que manteiga, e todos nós estamos deslizando muito mais rápido do que o regulamento do parque manda, isso é certo. Se alguém da Comissão Mundial de Segurança do Toboágua — o que é definitivamente algo que existe, eu suponho — visse o que está acontecendo agora, ele fecharia este lugar agora mesmo.

— Qual é o plano? — eu grito.

A June grita de volta:

— Chegamos lá embaixo! Pegamos os BuumKarts! Saímos daqui!

De repente, ouço o rosnado de um esqueleto. Eu ergo o Fatiador quando...

WHAM!

Cara! Que feio! Se quer dançar, vamos esperar chegar lá em baixo, que tal?

À frente, o escorregador tem uma queda e uma curva. Nós mergulhamos em uma curva enorme e longa... e a gosma nos faz ir a uma *velocidade absurda*. A curva me empurra pro esqueleto, e então nós dois estamos acelerando, subindo e subindo, ao longo da parede interna do escorregador.

— Pessoal! — eu grito. — Isso não vai acabar bem pra mim!

Os meus amigos olham pra trás. Não há nada que eles possam fazer. O Dirk cobre os olhos do Babão.

O esqueleto e eu subimos pela lateral, ainda mais alto, e...

Ah, não.

Somos lançados, pra cima e além da borda do escorregador, lançados no ar...

Não olho pra baixo, mas posso sentir, de alguma forma: a plataforma de concreto, muito, muito abaixo.

No entanto, algo mais está abaixo de nós também.

Uma forma familiar emerge, uma pata enorme se esticando, uma teia de osso e trepadeira...

O Blargus, agarrado à lateral do escorregador como um King Kong pendurado no Empire State.

Capítulo Vinte e quatro

É a única vez que isso vai acontecer.

Sério.

É a única vez que ficarei feliz em ver o Blargus. Porque agarrá-lo e me segurar nele é a minha única chance. Assim, quando caio, eu estico o braço com a minha Mão Cósmica pra me agarrar nele.

Os meus dedos tocam o seu corpo frio e ossudo. A Mão Cósmica roça a sua lateral, e...

YANK-SNAP!

As minúsculas ventosas da Mão Cósmica se prendem ao osso. A dor atravessa o meu braço, e a parte inferior do meu corpo balança até bater nos ossos. O Fatiador cai da minha mão.

Por um segundo, eu apenas fico lá, recuperando o fôlego. Olho pra baixo a tempo de ver o esqueleto caindo na Ultragosma abaixo.

O meu braço uiva de dor.

Então, a calmaria acaba, porque o Blargus está tentando me rasgar ao meio... e ser partido ao meio não deixa ninguém calmo. Usando a Mão Cósmica, sou capaz de escalar as costas do Blargus, saltando de osso em osso. Ele me golpeia como se estivesse tentando coçar uma coceira que não consegue alcançar.

Lerdo demais!

SPLAT!

Agora, ele está se sacudindo e balançando pra frente e pra trás, tentando me arremessar do seu corpo. Mas a Mão Cósmica se mantém presa como supercola.

Vasculho o solo abaixo, ainda evitando os furiosos golpes do Blargus, quando vejo o Quint, a June e o Dirk saindo da boca do escorregador. Eles são recebidos por um enxame de esqueletos.

Perto, vejo os meus zumbis... não fazendo nada. Eles são como computadores desligados. Sem o Fatiador, não posso controlá-los.

E sem o Fatiador, não posso derrotar o Blargus.

O meu olhar examina o solo, procurando. Os movimentos do Blargus não facilitam. Mas então eu vejo...

Eu preciso do Fatiador.

Mas eu nunca controlei um zumbi sem ele. Acontece que nunca tentei.

Será que consigo fazer isso agora?

Eu conheço o Alfred há mais tempo. É um tiro no escuro, na melhor das hipóteses, mas não tenho tempo pra mais nada. Não com o Blargus prestes a me achatar.

Alfred.

Eu me concentro, estendendo os meus pensamentos, em direção ao Alfred... dizendo as palavras silenciosamente: *Alfred. Eu preciso do Fatiador. Recupere-o. Por favor.*

O Alfred não se move. Ele não movimenta um único apêndice fedorento e morto-vivo.

Vamos, Alfred!, eu penso desesperadamente. *Você consegue!*

Rolo pra esquerda, evitando outra tentativa do Blargus de me agarrar. Uso a Mão Cósmica e subo mais na sua espinha.

Alfred! Por favor!

De repente, o Alfred ergue os olhos.

O Fatiador. Eu preciso dele.

Os nossos olhares se conectam.

Me ouça, Alfred! Este é o Blargus! Ele fala pelo Thrull! Você viu o Thrull, na clareira, tentando trazer o Ṛeżżőch aqui! A árvore! A árvore ia te engolir, sugar o seu cérebro, mas nós te salvamos!

Os olhos do Alfred se estreitam.

Por favor... o Fatiador. O Fatiador!

E então ele se mexe.

Um passo lento. Então outro. E depois...

ISSO! O Alfred cambaleia em direção ao Fatiador. Ele estende a mão, envolve os seus dedos finos em torno da arma, e...

ISSO DE NOVO! Ele o liberta da Ultragosma, como um humilde escudeiro destinado a se tornar o rei da Inglaterra. Ele conseguiu! Ele puxou a espada da gosma!

Agora só preciso pegar dele.

Eu me concentro de novo. Deixo os pensamentos preencherem cada canto do meu cérebro. Funciona — e o Alfred vai de mordomo a um bárbaro total! Ele ergue a lâmina bem acima da sua cabeça e a enfia no emaranhado de trepadeiras que fluem através do pé do Blargus.

SKITCH!

O Blargus uiva e se agarra ao escorregador pra não cair. *Bom trabalho, Alfred. Bom trabalho.*

Abro os dedos, afrouxando o aperto da Mão Cósmica, e deslizo pela espinha fria e lisa do Blargus. Mergulho, deslizando pela gosma e completando a transferência do Fatiador do Alfred pra mim.

— Obrigado, amigão!

Eu pego de volta o Fatiador revestido de gosma, mas...

AGARRA!

— Nossa! Ataque furtivo da trepadeira! — digo quando tentáculos apertados me envolvem, me levantando no ar.

A cara feia do Blargus forma um sorriso triunfante.

As trepadeiras esquentam.

Ah, não. Está acontecendo de novo. Como no motel.

Estou sendo rasgado, puxado e, de alguma forma, carregado pela rede de trepadeiras do Thrull, transportado pra sala do trono. Tenho certeza de que é pra que ele possa me provocar antes de me matar.

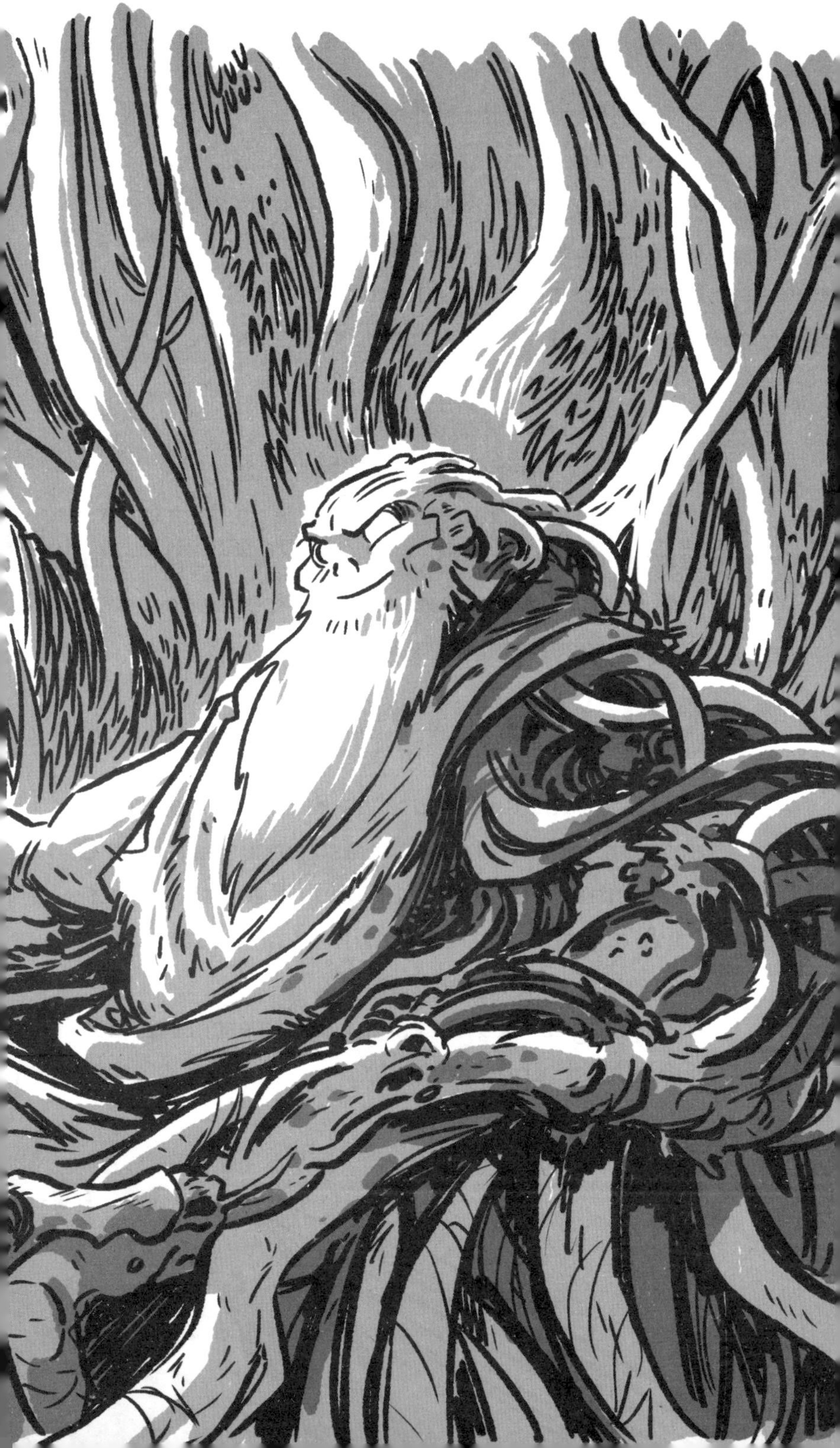

Eu olho nos olhos do vilão.

— Se você me matar, apenas faça isso logo, cara — consigo dizer. — Mas não aja como se estivesse tudo bem. Nós já sabemos a localização da Torre. Nós *te encontramos*, Thrull. E os meus amigos vão terminar o trabalho... com ou sem mim.

A cabeça do Blargus vai pra trás.

O Thrull se espanta.

Não, não apenas espantado: *enfurecido*.

E nesse intervalo de tempo, ele poderia ter me esmagado. O Blargus poderia ter me quebrado. Mas os dois vilões esperaram um momento a mais do que deveriam, porque...

SKREE!!!

O Gargantulax pousa no Blargus, espetando e prendendo-o com as suas pernas afiadas. O Gargantulax está encharcado de gosma, que escorre do seu corpo e se infiltra entre os ossos do Blargus. Jorra vapor dele.

O Blargus escala a estrutura do escorregador, subindo, subindo, subindo...

6

Mas o Gargantulax não desiste.

O Blargus se agarra ao escorregador dobrado e quebrando. Abaixo está a enorme piscina de Ultragosma.

Ele estende a mão e agarra o Gargantulax.

Ah, não, você não vai, não, eu penso. *Você não vai sair dessa.*

CORTA!

A mão do Blargus se abre!

E ele cai. Uma longa descida em câmera lenta, e...

SPLASH!!!

Ele despenca na piscina de Ultragosma. Assim que a gosma atinge o seu corpo, ele começa a quebrar — o tecido conjuntivo que o mantinha unido vai se desintegrando.

Há um grito... e não sei dizer se é o Blargus, o Thrull ou ambos. Mas a voz desaparece quando o Blargus mergulha na poça de gosma.

— EI! — a June chama. — Uma ajudinha aqui!

Lanço um último olhar pra Blargus. Uma mão ainda segura a base do escorregador. Mas ela não se move.

Ele está acabado. Por enquanto.

O Gargantulax salta pra ajudar a acabar com o resto dos esqueletos. Ele tem várias pernas machucadas e muitos ferimentos, mas ainda luta ferozmente.

E ferozmente o suficiente pra mandar até o último esqueleto pra gosma...

Aposto que é a última vez que alguém mexe com o seu amigão, hein?

Nós olhamos pro Gargantulax, ansiosos. Ele está parado acima de nós, não atacando, mas também não recuando.

O Dirk lança um olhar cheio de significado pra ele e se ajoelha ao lado do Babão.

> Nem imagino se você consegue me entender, mas o negócio é o seguinte, Babão.

> Você pode nos ajudar a derrotar um monstro muito mau. Se vier conosco, juro que cuidarei de você.

> E vou te proteger de qualquer jeito!

O Babão meio que apenas olha pra ele sem expressão.

— Não farei promessas que não poderei cumprir — o Dirk prossegue. — E quando digo que vamos fazer uma viagem juntos, é isso mesmo! Não vou inventar mentiras ridículas e não deixarei nada te acontecer.

O Gargantulax sibila, mas parece mais triste do que zangado.

— Eu o protegerei com a minha vida — o Dirk diz ao Gargantulax. — Serei o melhor pai pra ele.

O Gargantulax ergue uma pata ferida e, com muito cuidado, dá um tapinha no Dirk, que se inclina e, lentamente, pega o Babão.

O Gargantulax dá a sua permissão.

Ele finalmente entende que somos os mocinhos. Que estamos do lado deles. Que, na verdade, só queremos parar o mal. E mais do que tudo: ele sabe que o Dirk é sincero no que diz.

— Conseguimos! — a June diz. — Agora temos a fonte da Ultragosma.

— O Thrull vai perder — o Quint concorda.

Momentos depois...

Conseguimos!
Somos os melhores nisso...
E eu tenho um novo amigo!
Acho que precisamos encontrar carros maiores agora, pessoal.

Capítulo Vinte e cinco

Paramos em um posto de gasolina fora da cidade, uma vez que temos certeza de que nenhum esqueleto nos segue.

E a primeira coisa a fazer é tirar uma última foto da viagem de todos nós em camisetas super-ridículas de lembrança.

Depois da foto, a June tenta fazer a bomba de combustível funcionar pra que possamos reabastecer os BuumKarts.

— Nós meio que detonamos — ela comenta. — Detonamos nessa coisa toda de viagem.

— Vou ter que concordar — digo.

A June continua:

— Não só conseguimos o Babão como também descobrimos muitas coisas.

— É verdade. — O Quint chacoalha a cabeça. — Em primeiro lugar: que o Thrull vê o Babão como uma ameaça.

— Tem razão. — Chacoalho a cabeça também. — Mas do mesmo modo descobrimos que a Torre é MUITO maior do que qualquer um de nós esperava.

— Não só isso — o Dirk acrescenta. — Sabemos agora que o exército do Thrull é quase infinito.

— Vocês estão sendo muito negativos! — a June se contrapõe. — Agora temos uma máquina de Ultragosma! Sem mencionar um enorme exército de zumbis à nossa disposição em casa!

— Conseguimos algumas vitórias — o Quint concorda. — Porém, é importante reconhecer o quão atrasados ainda estamos. Vamos precisar de mais seguidores e mais sobreviventes, se quisermos derrotar o Thrull e o Ṛeżżőch. É um simples jogo de números.

— Aposto que há muitos monstros no Megalusco! Só precisamos alcançá-lo!

— Pode ser... — o Quint diz, antes que um silêncio fácil se instalasse entre nós.

E então eu me pego meio que olhando pra longe, de volta pro museu. Um lugar que desejo muito nunca mais visitar.

— Não consigo acreditar que a Big Mama realmente se foi — acabo dizendo. — Tantas memórias...

O Quint sorri.

— Eu consegui salvar uma lembrança dos destroços...

Ele segura os dados que pendiam do espelho retrovisor da Big Mama desde o nosso primeiro dia de fim do mundo juntos.

Eu sorrio.

— Obrigado, Quint.

Nós nos cumprimentamos com um soquinho.

Mas aí somos imediatamente distraídos por alguém falando em uma vozinha fina de bebê.

Quem é o Babãozinho de gosma lindinho?

É você!

Você é TÃO fofo!

Vamos tirar muitas fotos juntos nesta viagem! Vamos, sim!

Eu vou conseguir roupinhas maneiras pra você e tudo o mais!

— Hã, devemos nos preocupar com isso? — pergunto.

— Preocupar? — o Quint pergunta. — Eu estou encantado!

Assisto mais um pouco. O Dirk abraça o Babão com tanta força que a gosma jorra, espirrando em todos nós.

— Sim — comento. — "Encantado" é a palavra certa.

— Sinto muito, Dirk. — A June dá de ombros. — Eu não queria perder a cabeça lá atrás. Com o Babão e tal...

O Dirk ergue os olhos e torce a boca, não parecendo mais muito preocupado com isso.

— Não, é sério — a June insiste enquanto mexe na bomba de gasolina. — Eu nunca deveria ter pensado em roubá-lo do seu guardião monstro ou o que quer que seja aquela coisa. Fui egoísta. Estamos todos juntos nessa, e eu sei disso.

— Você é uma boa pessoa, June — o Dirk afirma.

A June termina de encher o tanque do BuumKart e limpa as mãos na calça jeans. Ela caminha na direção do Dirk e diz:

— Então... esse é o Babão, hein?

O Dirk faz que sim. A June dá um tapinha desajeitado na cabeça do Babão, e ao puxar a mão a encontra coberta de gosma. Ela ri, e acho que até vejo o Babão abrir um sorriso.

Eles são bons.

E eu também. Isso é o que digo a mim mesmo quando olho pra trás, pro Maior Donut do Mundo. Ele é apenas uma mancha no horizonte, agora.

Deixei o Bardo orgulhoso. Nós honramos o seu sacrifício... e vamos continuar fazendo isso.

Olhando pra paisagem bela, estranha e destruída, penso no Rover.

— Ele está bem — o Quint garante. — Ele está com a Skaelka.

Eu me viro pra ele.

— Como você sabia no que eu estava pensando?

O Quint encolhe os ombros.

— Poderes de melhor amigo. Além disso, você estava olhando pra distância, pensativo, o que significa que havia oitenta e seis por cento de chance de estar pensando no Rover.

Eu suspiro. Sim, sinto falta do Rover. Mas ele está lá fora, lutando o bom combate. Assim como nós.

E agora que temos a Ultragosma e sabemos a localização da Torre, é tudo alegria a partir daqui. Vamos marchar até a Torre e mostrar quem manda! E faremos tudo heroicamente e tudo o mais, e tiraremos fotos de como somos maneiros pra compartilhar com as pessoas depois!

NADA PODE PARAR...

— Uhh, temos um problema! — A June interrompe os meus pensamentos.

— Bem grande — o Dirk diz lá da bomba. — Não sobrou quase nenhuma gasolina. Não acho que haja o suficiente pra chegar à próxima cidade, muito menos a Nova York.

— A gente dá um jeito — afirmo, confiante. — Isso é mais ou menos o que fazemo-o-o-o-o-o-os...

A minha voz começa a tremer à medida que o chão sob nossos pés chacoalha. E todos nós reconhecemos imediatamente o estrondo.

E eu logo me dou conta de que a June estava falando sobre um problema totalmente diferente. Em um segundo, somos eclipsados por uma sombra enorme.

O Megalusco.

Ele é tão alto que bloqueia o sol. Cada uma das centenas de pernas do monstro é do tamanho de um avião jumbo. A sua cabeça está no chão, cavoucando tudo enquanto troveja na nossa direção.

É tão grande, tão poderoso, que o ar ao redor parece girar e mudar. O vento sopra na nossa direção.

E o cheiro do mal está espesso no ar...

CONTINUA

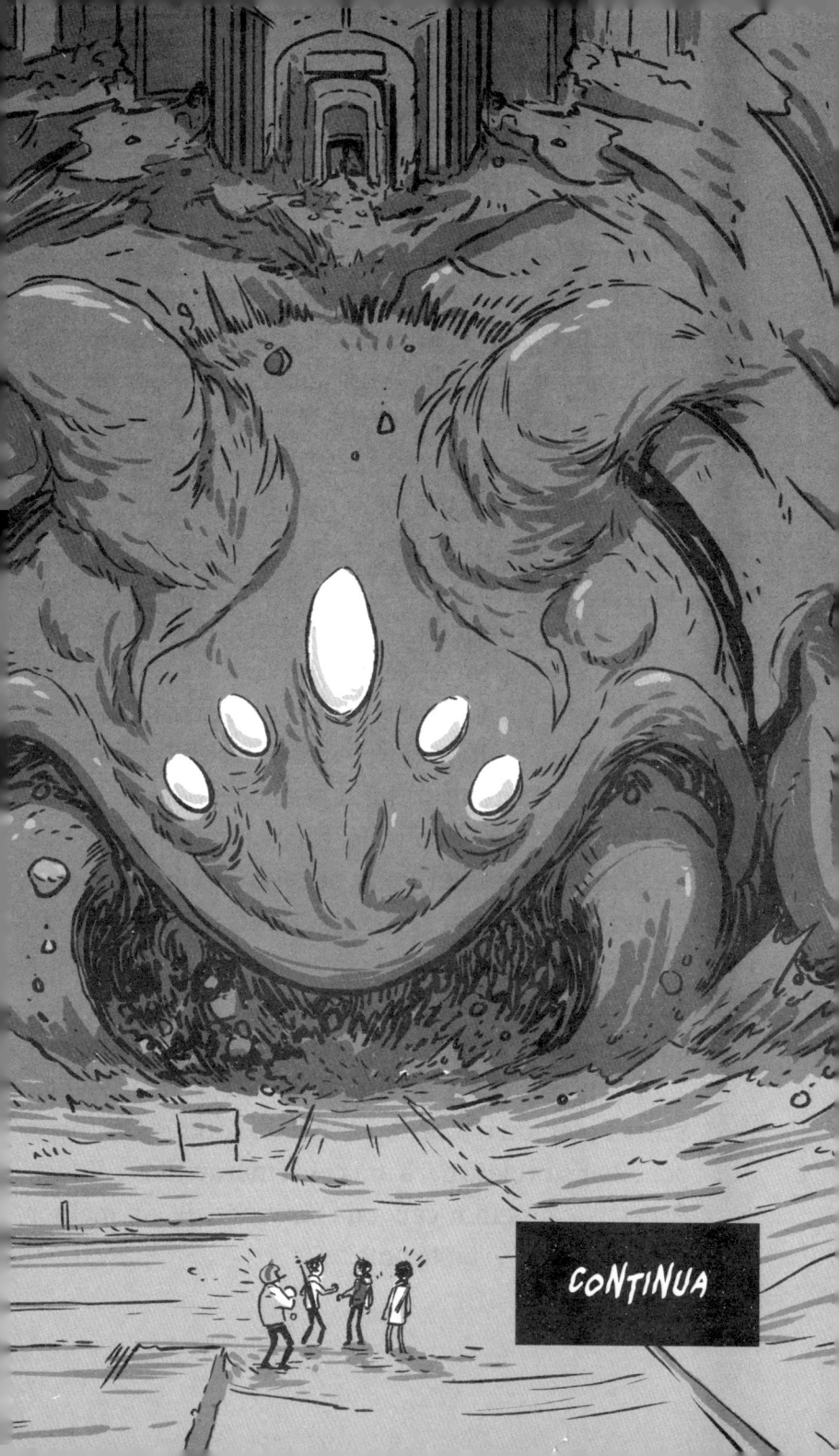

Agradecimentos

Um milhão de bilhões de agradecimentos a Douglas Holgate por se juntar a mim neste passeio. Dana Leydig, você torna tudo isso suportável. Jim Hoover, você faz o que faz tão bem — obrigado! Jennifer Dee, por manter a sua sanidade e fazer mágica nos momentos mais estranhos. Muito grato ao exército de editores de texto necessários para me salvar do constrangimento. Emily Romero, Carmela Iaria, Christina Colangelo, Felicity Vallence, Lauren Festa, Elyse Marshall, Sarah Moses, Kara Brammer, Michael Hetrick, Alex Garber e todos nos departamentos de marketing e publicidade da Viking — obrigado por fazerem o impossível, repetidamente. Kim Ryan e Helen Boomer em *subrights*, e a equipe da Listening Library — vocês detonam. Ken Wright, *por tudo*. Robin Hoffman e toda a gente boa na Scholastic — obrigado pelo seu apoio infinito e por trazer livros para crianças. Dan Lazar, eu valorizo você mais do que posso colocar em palavras. Cecilia de la Campa e Alessandra Birch, por levar o Jack e a sua turma ao redor do mundo. Addison Duffy, por levar o projeto para onde eu sonhei. Matt Berkowitz, Scott Peterson e todo o pessoal da Atomic Cartoons por levar o projeto para uma vida maravilhosa. E Josh Pruett — a melhor caixa de ressonância e a melhor pessoa. Alyse — eu te amo.

MAX BRALLIER!

(maxbrallier.com) é autor de mais de trinta livros e jogos. Ele escreve livros infantis e livros para adultos, incluindo a série *Salsichas Galácticas*. Também escreve conteúdo para licenças, incluindo *Hora da Aventura*, *Apenas um Show*, *Steven Universe*, *Titio Avô* e *Poptropica*.

Sob o pseudônimo de Jack Chabert, ele é o criador e autor da série *Eerie Elementary da* Scholastic Books, além de autor da graphic novel *best-seller* número 1 do *New York Times*, *Poptropica: Book 1: Mystery of the Map*. Nos velhos tempos, ele trabalhava no departamento de marketing da St. Martin's Press. Max vive em Nova York com a esposa, Alyse, que é boa demais para ele. E sua filha, Lila, é simplesmente a melhor.

DOUGLAS HOLGATE!

(skullduggery.com.au) é um artista e ilustrador freelancer de quadrinhos, baseado em Melbourne, na Austrália, há mais de dez anos. Ele ilustrou livros para editoras como HarperCollins, Penguin Random House, Hachette e Simon & Schuster, incluindo a série *Planet Tad*, *Cheesie Mack*, *Case File 13* e *Zoo Sleepover*.

Douglas ilustrou quadrinhos para Image, Dynamite Abrams e Penguin Random House. Atualmente está trabalhando na série autopublicada Maralinga, que recebeu financiamento da Sociedade Australiana de Autores e do Conselho Vitoriano de Artes, além da *graphic novel Clem Hetherington and the Ironwood Race*, publicada pela Scholastic Graphix, ambas cocriadas com a escritora Jen Breach.

ASSINE NOSSA NEWSLETTER E RECEBA INFORMAÇÕES DE TODOS OS LANÇAMENTOS

www.faroeditorial.com.br

ESTA OBRA FOI IMPRESSA EM JANEIRO DE 2022